MON

HABIT MORDORÉ.

MON

HABIT MORDORÉ,

OU

JOSEPH ET SON MAÎTRE.

PAR A... H... KERATRY.

Je ne le mis jamais qu'à contre-temps, et dans l'esprit des personnes en place, il me rendit de très-mauvais services, que je pourrai vous raconter un jour.

Extrait du Voyage de Vingt-quatre heures, chap. de l'Habit Mordoré.

TOME PREMIER.

DE L'IMPRIMERIE DE GUILLEMINET.

A PARIS,

Chez MARADAN, rue Pavée S. André-des-Arcs, n° 16.

AN X —1802.

DÉDICACE.

A MON AMI ANTONIN.

Mon cher Antonin, vous vous rappelez sûrement qu'un petit esprit de calcul et de prévoyance m'empêcha, il y aura bientôt trois ans, de vous dédier mon Voyage de Vingt-quatre heures. J'en eus d'autant plus de regrets, que certains traits de cette production vous appartenoient en propre, et que, si elle a été goûtée du public, à quelques égards, c'est à vous que j'en suis redevable.

Je voulois des protecteurs, et vous n'avez jamais eu d'autorité;

je voulois me ménager un abri
contre les coups du sort, et vous
en étiez victime ; dans ces temps
orageux vous ne pouviez me servir de patron, et prudemment je
dédiai mon livre aux quarante-
cinq directeurs, qui, d'après mes
calculs approximatifs, devoient
gouverner cette république du-
rant mon existence présumée.

Je publierai bientôt une nouvelle édition de cet essai de ma
plume ; mais loin de moi l'idée
d'en changer la dédicace ! je ne
ressemble pas à ces gens dont
la fleur de Clytie est le véritable
emblême. L'hommage que je
rendis au défunt directoire exé-
cutif de France lui survivra dans
ce livre comme un monument

du respect que l'on doit à l'autel
sur lequel on a jadis sacrifié....
S'il ne donne pas une haute idée
de mon courage, au moins il at-
testera la fidélité de mes enga-
gements.

Aujourd'hui que nulle crainte
n'empoisonne mon existence,
que je m'endors avec sécurité,
et qu'après un sommeil paisible
je me réveille sans inquiétude
pour le jour qui vient de naître,
il m'est doux de pouvoir suivre
les mouvements de mon cœur.
Quelques lignes ont coulé de ma
plume : je vous les offre comme
à un bon ami, dont la pensée nous
a accompagnés dans nos courses
lointaines et dans nos entrepri-
ses domestiques.

Aucune prévoyance ne me fait mêler de regrets à cet acte d'affection ; il est aussi libre que désintéressé. Graces au temps dans lequel nous vivons, j'atteste que l'idée ne m'est pas même venue de chercher loin de moi un protecteur. J'en suis fâché pour le gouvernement , s'il aime les dédicaces ; mais tant que les choses iront de ce pied, il peut se dispenser de compter sur les miennes : le nom d'un ami décorera seul le frontispice de mes ouvrages.

Recevez, mon cher Antonin, l'assurance des sentiments que je vous ai voués , ainsi qu'à votre digne épouse.

HILARION.

AVERTISSEMENT.

« S<small>I</small> mon père s'étoit autrement marié, je serois beaucoup plus riche, » disoit dans une assez nombreuse compagnie un jeune homme fort content de lui-même, et qui ne regrettoit que ce seul avantage.

« Oui, lui répondit quelqu'un du cercle ; mais il est probable que vous ne seriez pas ici pour le dire. »

« Et en cela le mal ne seroit pas grand, » murmuroit entre les dents un vieillard auquel le propos du fat avoit fait hausser les épaules.

Bénévole lecteur, je sais aussi qu'il faudroit ajouter bien des choses à ce livre, et peut-être en retrancher davantage,

pour le rendre digne de vous être offert....
Mais comme j'ignore quelles sont les pages
que notera votre censure, ou sur lesquelles
votre œil s'arrêtera avec quelque plaisir,
une telle besogne me devient impossible. — Confiez-la à un autre, me dira-t-
on. — Je répondrai que si cet autre possède le précieux secret de votre goût,
sans une extrême modestie, il ne con-
sentira jamais à travailler en sous-ordre;
que dans tous les cas, ce livre ainsi raccourci, alongé, corrigé, ne seroit plus
mon livre; et que tout ce que je puis
faire en votre faveur, c'est de vous le
présenter tel qu'il a plu à la providence de le placer successivement sous ma
plume.

Je dois craindre, après cela, que la
réflexion sévère de mon vieillard ne devienne la vôtre.... Pour la détourner au-

tant qu'il dépend de moi, voici la marche que j'ai suivie :

J'ai pensé qu'un sermon de deux volumes seroit bien long, qu'une histoire attendrissante de cinq cents pages seroit bien triste, et qu'une gaieté de cinq heures seroit bien monotone : qu'ai-je donc fait ? Lecteur, vous allez l'apprendre : La corde du sentiment trop souvent touchée ou s'use, ou donne des tons faux ; mais si on a l'adresse de la faire vibrer quelquefois, entre la corde grave de la morale et celle plus légère de la gaieté, il en résulte une douce harmonie, qui subjugue à la fois l'esprit et le cœur... Les sens même se mettent de la partie ; et, je ne serois pas éloigné de croire que le concert y gagnât quelque chose... Quand nous serons un jour transformés en substances angéliques, nous serons peut-être d'un autre avis. Jusque-là je me permettrai de rester à ce sujet dans un état de doute.

Ma théorie des sons me semble bonne, et pourtant il est possible qu'entre mes mains l'exécution devienne vicieuse : lecteur , comment vous dédommager alors de la perte de votre écu et de celle encore plus considérable des quarts d'heure par moi dérobés à vos très-importantes affaires ? car vous êtes pour le moins législateur, général, artiste, ou homme de lettres, c'est-à-dire l'un des foyers d'où partent les rayons qui éclairent le système social. ... Voyez si, par hasard, un des titres dont je viens de vous gratifier ne seroit pas une indemnité raisonnable ; je les mets tous à vos pieds , je voudrois pouvoir en imaginer de plus sublimes pour vous en faire encore l'hommage....

Vous n'avez, dites-vous, de droit sur aucun des deux premiers. — Tant pis ; mais comme le Français est guerrier de son naturel, et grand amateur de nouvelles lois, cela vous donne de l'espoir.... Il y a trois années que je vous eusse conseillé de lire, en attendant vôtre tour, le Contrat Social, ou de laisser croître vos moustaches. ...

La dénomination d'artiste ne vous flatte guère. — Je le crois, depuis que les trottoirs du Pont-Neuf sont bordés de gens de cette espèce. [1]

Je commence à craindre de n'avoir rencontré aucune des qualités qui vous

---

[1] Les décrotteurs du Palais-Royal viennent de distribuer des adresses sur lesquelles ils prennent le titre d'*artistes réunis* : qu'on me dise maintenant ce que fut Vaucanson ?

distinguent.... Il est même décidé que
je ne saurois éteindre la créance que vous
portez sur moi, à moins que vous ne
soyez homme de lettres.

Le sourire qui vient de se placer sur
vos lèvres m'apprend que vous voulez
bien ne pas vous en dédire.... Vous
m'observez seulement que vous n'avez
encore rien publié : tant mieux, c'est un
avantage que vous conservez sur mille
et un auteurs, sans me compter, ou en
me comptant, tout comme il vous plaira.
Vos titres ne sont point sujets à discussion, et je les tiens pour les plus solides,
qui, pendant ce trimestre, aient été inscrits dans les archives des muses.... Si l'on
étoit reçu à monter dans le char du dieu
bel esprit, ainsi qu'on montoit dans les
carrosses du roi, nouveau Cherin, je vous
signerois le brevet le plus flatteur, le plus

digne de votre rare génie; enfin, un de ces brevets que Voltaire, dans ses accès de bonne humeur, délivroit à ses humbles courtisans. . . .

Je raille, dites-vous. — Point du tout; ne vous écrierez-vous pas bientôt: « Içi « l'auteur n'est pas intelligible ; là il mo- « ralise à perte de vue ; ses idées sont « sans suite et ses plaisanteries d'un mau- « vais goût ? ».

Or, je déclare à qui il appartiendra, que vous êtes homme de lettres. En voilà plus qu'il ne faut pour le prou- ver, sans parler des petits contes, ma- drigaux et couplets que vous avez sûre- ment en réserve dans votre porte-feuille, et que votre modestie vous fait dérober au public. . . . Mais il faut espérer qu'en- couragé par mes avis , par la médiocrité même de cette production , qui réveil-

lera chez vous le sentiment de votre force, vous cesserez d'être coupable d'un
tel larcin. Alors la moisson de louanges
que vous recueillerez vous dédommagera
amplement du quart d'heure ennuyeux
que je vous aurai fait passer ; alors le
commerce de la librairie fera refluer le
Pactole jusqu'à votre hôtel ; alors moi-
même , en toute sûreté de conscience,
je pourrai , s'il y a lieu, partager le métal sorti de votre bourse , avec le libraire
de Paris, le libraire de province, l'im-
primeur, le papetier , le chiffonnier , la
brocheuse, que je n'aurois garde d'oublier , puisqu'elle rassemble nos pensées
trop souvent décousues ; et, d'un bout de
la France à l'autre, nous nous écrierons
dans un chorus universel : « O ! la belle
chose que l'imprimerie ! »

MON
HABIT MORDORÉ,

OU

JOSEPH ET SON MAÎTRE.

CHAPITRE PREMIER.

Invocation. Exposition du sujet.

Puisque je suis libre d'importuns, que ma plume est taillée, et qu'un bon feu réchauffe ma chambre, je veux écrire tandis que celui de l'imagination n'est pas encore éteint..... L'imagination! sans elle, que peut en effet un auteur? si les années ont une fois tracé sur son front leur chiffre sexagénaire, il est à craindre qu'il interroge en vain cette magicienne. Au contraire des autres sibylles, elle ne répond à nos demandes que lorsque la douce chaleur de la jeunesse sert de véhicule aux esprits vitaux, et les élève jusqu'au trépied d'où elle rend ses oracles.

Quand ce bâton d'aube-épine que je porte, plus pour mon maintien que pour appui, ploiera lui-même sous mes vertèbres arquées, quand mes yeux habitués à la douceur de votre présence s'étonneront de ne pas vous reconnaître au premier aspect... n'en doutez pas, mes chers amis, je n'aurai rien de fort attachant à vous dire. Comme tous les vieillards, je pourrai me plaindre des temps où nous vivrons et vanter ceux d'autrefois : peut-être me lirez-vous avec quelque intérêt, vous dont j'ai déjà éprouvé l'indulgence ; mais le jeune homme avec ennui tournera le feuillet, en fera glisser dix autres entre ses doigts, et renverra le livre à son libraire.

La vieillesse est là bas : je l'entrevois

assise au pied du noir cyprès, non loin
de l'urne funéraire. Puisque je ne suis
pas encore disposé à battre retraite, je
lui demande à elle et à son triste cortége
de me laisser quelque temps marcher
sous le drapeau léger de l'imagination.
C'est donc cette dernière que j'invoque
en commençant ce nouvel ouvrage.

Aimable déité ! toi qui grossis quelquefois nos misères, mais qui plus souvent les couvres d'un voile séducteur,
toi qui transformes la femme aimée en
Vénus, la chaumière qui nous appartient en château, et le bosquet qui l'entoure d'ombre en élysée, permets que
les pages qui vont sortir de ma plume pa-
roissent sous tes auspices ! viens dorer
mon horizon des tendres reflets de ta
lumière, prête - moi tes pinceaux, tes
couleurs, ta palette, et n'oublie pas de
placer au premier plan de tes tableaux
les objets faits pour égayer mon gentil
lecteur !.... S'il s'en présente qui puis-

sent l'exciter à des pensées sombres; éloigne - les discrétement de son regard. Je te permets tout au plus de les jeter dans le clair - obscur, ou dans le vague d'un lointain bien ménagé; tu leur donneras ainsi une teinte de mélancolie; c'est celle dont l'effet est plus sûr. Après avoir résisté aux grandes attaques, que de fois le cœur de l'homme s'est rendu à une sappe faite à petit bruit !.... Imite Le Poussin : lorsqu'il veut nous donner une idée du déluge, il se garde de répéter çà et là les pénibles efforts des mortels aux prises avec le trépas; il ne torture aucune physionomie ; il lui suffit de peindre, au milieu de la tempête, un ou deux nageurs, un cheval et son cavalier, et une mère cherchant à poser sur un rocher, dont la cime surnage, la créature innocente qui lui doit le jour... L'œil s'humecte à l'aspect de ce touchant et dernier épisode de l'histoire des premières races, et l'émotion qui en résulte est plus sentie que si l'ons onnoit l'agonie de la nature entière.

Je te dispense de faire retentir à mes oreilles les bruyants éclats des passions qui changent la face des empires ; garde pour d'autres les éternelles descriptions du coucher du soleil et du lever de la lune ; et, sur toutes choses, ne m'entretiens ni de cavernes, ni de fantômes. Laisse ces ressources à nos romanciers anglomanes ; laisse-les s'effrayer de leur propre ouvrage, et se pavaner, entourés qu'ils sont des lambeaux de leur misère. Pour toi, tu n'es pas réduite à recourir à de tels expédiens, puisque l'histoire de mon Habit Mordoré va livrer une ample matière à tes crayons. Le repos d'Achille en colère te fournit autrefois plus de trois volumes ; en conscience, tu ne saurois refuser une brochure au plus bel habit que j'aie jamais porté. Hélas ! qui jamais eût prévu que sa gloire devoit briller en pure perte, et que mainte fâcheuse aventure

lé relégueroit dans ma garde-robe comme
un meuble inutile !

CHAPITRE II.

Vanité d'auteur.

JE vous assure, mon cher lecteur, qu'en
relisant ce premier chapitre, je n'ai pu
me défendre de ce sourire de bienveillance dont nous honorons quelquefois
notre pénétration ou notre capacité. Aussi
viens-je de frotter mes mains l'une contre
l'autre en signe de satisfaction..... N'est-ce
pas en effet un article essentiel d'avoir
donné à mon livre un titre peu commun,
et dont l'originalité piquante arrêtera la
marche du promeneur sur les quais bru-
lants et les poudreux boulevards de cette
capitale ?

Voilà ma première page faite [1], celle qui

---

[1] S'entend du titre ou frontispice.

coûtera le moins au compositeur, celle qui m'aura demandé le moins de travail à moi-même, mais qui, en aucuns sens, ne cédera le pas aux autres; car j'ai lu quelque part qu'un bon titre vaut seul un volume. Il est aux productions de l'esprit, ce qu'une belle physionomie est à celui qui la porte. La physionomie trompe quelquefois, et l'homme ne fait pas toujours honneur à sa recommandation; de même le titre promet souvent ce que le livre ne tient pas; mais qu'importe? le livre se vend, et l'homme fait son chemin.

Je compte donc pour beaucoup d'avoir aussi heureusement annoncé ce nouvel ouvrage. Plus d'un auteur n'a pas eu d'autre mérite. Il se présente à ma plume dix noms de gens qui lui doivent tous leurs succès, cent même; mais elle n'en tracera pas un seul. Pourquoi de gaieté de cœur affliger un confrère, qui, quinze jours après la publicité de son livre, frémit de l'incorrection du style et de l'air commun des pensées ? pourquoi blesser inhumainement son amour propre ? Les plaies de cette nature sont incurables, l'appareil ne fait que les aigrir, et il n'est pas rare que celui qui a porté le coup s'en ressente lui-même ; c'est la flèche d'Hercule qui tombe sur le pied de Philoctète..... Dormez donc en paix, vous tous, qui faites si bien dormir les autres. Je ne vous empêcherai pas d'être heureux en vos songes, et ne fallût-il qu'une chiquenaude pour vous enlever la feuille de laurier attachée à votre front, comptez qu'elle ne partira pas de ma main !

Monsieur le libraire, je ne saurois, en conscience, vous laisser ce manuscrit au prix de celui que je vous livrai il y a bientôt deux ans. Lisez : *Mon Habit Mordoré*, etc. Cela ne fera-t-il pas fortune ?..... Certes, cette seule ligne vaut dix louis d'or. Ce ne sont pas les aventures d'un grand homme que je vais raconter ; mais, en bonne foi, combien de grands hommes dont on feroit l'histoire, en racontant celle de leur habit ?...

~~~~~~~~~~~~~~~~~~~~~~~~~~~~~~~~~~

CHAPITRE III.

L'intrigue se noue.

CERTAIN jour du mois de septembre ou d'octobre, peu importe lequel, car je donnerois pour une épingle toute la science chronologique, je descendois les quais, accompagné de ce bon et honnête serviteur que je vous ai déjà fait con- noître. [1] La circulation en sens inverse des gens à pied, des gens à cheval, celle des voitures, et les cris des vendeuses de fruits chargées de leurs éventaires, m'a- voient déjà jeté dans une sorte d'étour- dissement. L'embarras d'une jeune dame,

---

[1] Voyez le Voyage de Vingt-quatre heures.

qui, bien propre et bien blanche, cher-
choit à se sauver des éclaboussures à la faveur d'un retroussis, dont mon œil lui savoit gré, y vint assez mal-à-propos ajouter
une distraction que le passage subit d'un
cabriolet pensa terminer pour moi d'une
manière infiniment désagréable. En vérité, une belle et sage ordonnance de police
devroit proscrire ce genre de voitures
dans tout pays où les femmes relèvent
leurs jupons au profit de leur bourse
ou de leur coquetterie.

Je ne doute pas, en effet, que l'examen
trop prolongé d'une jolie jambe ne m'eût
au moins coûté l'une des miennes, si le
fidèle Joseph ne m'avoit poussé dans une
friperie dont la porte étoit entr'ouverte.
L'impulsion donnée fut telle que, sans
autre accident qu'une légère contusion,
je fus tout étonné de me voir assis sur
une vieille ottomane qui se rencontra là
fort à propos pour me recevoir. Comme,
par un mouvement naturel en pareil cas,

je portois la main à la partie froissée, je vis l'inquiétude se peindre dans les traits de celui auquel je devois mon salut.

« Monsieur m'excusera, me dit le digne garçon, en tirant son chapeau ; mais ce cabriolet étoit bien près, et le danger a pu seul autoriser la liberté.... » Pour réponse je lui serrai la main, et il me parut plus satisfait que si j'y avois mis un doublon... Réellement j'y mis un peu plus, sans qu'il sortît un sou de ma poche.

Encouragé par cette récompense de son dévouement, il se hasarda de m'adresser la question suivante : « Monsieur compte-t-il rester long-temps dans ce maudit pays ? » — Je ne sais, mon cher Joseph, car j'y ai des affaires. — A la place de monsieur, je les expédierois bien vite, et fouette cocher.... Quand on a du terrain à soi en ce monde, on est bien dupe de ne pas y vivre. —

Joseph étoit depuis peu à mon service ;

il m'avoit entendu parler d'une petite
ferme que je possède en Bretagne ; et je
compris qu'il ne seroit pas fâché d'y faire
avec moi un voyage. Comme j'avois en
tête d'autres projets, et que nous n'avions
pas encore eu le temps de nous connoître,
j'évitai dans ma réponse tout ce qui eût
ressemblé à un engagement de ma part.

« Mon ami, lui dis-je, aujourd'hui
que la paix semble fuir les campagnes,
la chose exige réflexion.... Je n'aurai
pas besoin de vous ce soir, et vous pourrez aller aux petits spectacles des Boulevards. »

L'honnête serviteur s'inclina, et la
gaieté vint rayonner sur son front ; car
Joseph aimoit les spectacles.

Quelque ami de l'étiquette ou de la
froide réserve trouvera sans doute la
familiarité poussée trop loin dans ce
court dialogue entre un domestique et
son maître ; mais je dmande si je pouvois me dispenser d'associer à mes pro-

jets celui que le seul intérêt qu'il portoit à ma personne faisoit traiter avec rigueur un pays où il rencontroit des distractions agréables ? Certes, jamais malédiction ne fit tant d'honneur à quiconque ici bas s'avisa de maudire ; et la bonté du cœur le mieux pétri ne l'eût pas désavouée.... J'oubliois que je fusse dans une maison étrangère ; et j'y conversois aussi à mon aise, que si j'avois été assis dans mon fauteuil de velours d'Utrecht, mon bonnet de nuit sur la tête et mes pantoufles de lisière aux pieds, lorsque le revendeur, sortant d'une arrière boutique, s'avança vers moi.

C'étoit un homme de cinq pieds quatre pouces ou environ, à perruque ronde et solidement frisée, sourcils noirs et arqués, cou grêle, front étroit et joues caves. La tête et les pieds formoient chez lui les deux extrémités d'une ligne parfaitement droite. Au besoin il eût pu servir d'aune pour le mesurage des étoffes de

son magasin, à quoi sa pesanteur n'eût
pas mis obstacle ; car, en remplaçant sa
robe de chambre de lampas par une
serge grossière, il eût été en droit de se
donner pour le plus austère des hermites.
L'exactitude de la ressemblance n'eût
exigé qu'une expression de tête un peu
plus détachée des biens de ce monde,
avec cette courbure que contracte à la
longue le corps d'un pieux cénobite sans
cesse incliné vers la terre pour s'élever
dans les cieux....

Je ne dirai pas précisément que sa physionomie annonçât la mauvaise humeur ;
sans altération sensible, elle m'apportoit
un congé ; je ne m'y trompai pas. Cet
homme pouvoit se dispenser d'ouvrir la
bouche ; en lui cédant la place, je lui
eusse bientôt prouvé que je l'avois entendu.... A quelques exceptions près,
chaque figure humaine sera toujours un
livre ouvert où nous lirons, de prime-
abord, ce que nous devons craindre ou

espérer de notre semblable. Ainsi l'a
voulu la bonne nature , attentive à la
sûreté de ses enfants.

« Monsieur , il y auroit - il quelque
chose pour votre service ? » Tels furent
les seuls mots que proféra le maître du
logis, d'un ton qui dérogeoit à la civi-
lité française. Certes, il ne comptoit me
rien vendre.... Il me fit connoître , en
trois secondes, combien la note change
ou altère le sens des paroles mieux
qu'une leçon de musique , donnée par
Grétry lui-même ne me l'eût appris dans
trois heures.

CHAPITRE IV.

Marché conclu.

La voix du fripier eut bientôt dis-
sipé ces idées de bienveillance univer-
selle que la possession d'un domestique

zélé pour ma personne avoit fait naître
dans mon esprit, et que par suite je me
plaisois à supposer entre tous les membres de la grande famille. Je lui en
voulus d'avoir dérangé ce traité de paix,
qu'avec une douce effusion je signois en
moi-même au nom de la nature entière....
A bien prendre, il étoit dans ses droits ;
mais j'ai lu quelque part que l'exercice
de nos droits poussé trop loin touche à
l'injustice. *Summum jus, summa in-
juria.*

« Monsieur, lui répondis-je en me
levant, votre ottomane n'en vaudra pas
un sou de moins pour m'avoir préservé
d'une chûte ; et je vous déclare être si
reconnoissant d'un tel secours, que je
voudrois pouvoir lui rendre, en votre
faveur, le pied qui lui manque, et ré-
tablir à neuf le pékin dont elle fut autrefois couverte. »

Mon homme ne savoit s'il devoit prendre ce souhait en bonne part, ou s'en

formaliser comme d'un reproche fait à la vétusté de son meuble..... C'étoit mon intention , et le message parvint à son adresse.

Je sortis. J'allois continuer ma route vers le vieux Louvre , lorsque j'apperçus, en dehors de la boutique qui m'avoit servi d'asile , un habit de drap fin , couleur mordoré , brodé en soie , et d'une coupe qui me parut élégante. A l'instant je me rappelai mes lettres de recommandation oubliées dans mon portemanteau, depuis mon arrivée à Paris ; l'ambition vint chatouiller mon cœur , l'amour-propre lui parla sa langue séductrice , et je rentrai dans le magasin.

« Monsieur, dis-je au fripier, qui m'avoit suivi du coin de l'œil , combien feriez-vous cet habit ? »

Je mis dans ma question ce ton d'indifférence à l'aide duquel nous espérons faire un bon marché, chose assez difficile à Paris, ce que j'observe pour les

voyageurs qui y viendront après moi.
L'individu avec lequel je traitois ne fut
pas dupe de ma petite ruse, et il eut le
courage de me demander cent vingt livres tournois. Cependant ses manières
devinrent plus engageantes, sa voix prit
même des inflexions adoucies ; je m'en
tins davantage sur mes gardes , et j'eus
l'habit à quarante - huit livres. Je n'en
eusse pas donné un sou de plus...... Cet
homme m'avoit mis dans les meilleures dispositions pour défendre ma
bourse.

CHAPITRE V.

Dans lequel l'auteur en prépare adroitement plusieurs autres.

Après avoir compté une partie de la
somme convenue , je m'avisai de regarder d'un peu plus près ma nouvelle ac-

quisition ; elle fut retournée par moi dans tous les sens. Arrivé aux poches, je trouvai, dans l'une d'elles, un petit cahier d'une écriture propre et correcte. Des nœuds de faveur jonquille en rassembloient les feuillets. Le prix que je parus y mettre en grossit le mérite aux yeux du vendeur : il le réclama ; je soutins qu'il faisoit partie de mon emplette. Nous n'y avions pas plus de droit l'un que l'autre, et cependant il pensa opérer la rupture de notre marché. Tel à-peu-près le trépied d'Hélène éleva un différent entre des pêcheurs et ceux auxquels ils avoient vendu leur coup de filet.

Bref, ayant intimé à ma partie adverse que, si elle tenoit au manuscrit, elle pouvoit garder l'habit, et ayant accompagné cet *ultimatum* d'un pas significatif vers l'argent resté sur le comptoir, j'eus entière satisfaction.

A l'examen, je me fis quelques reproches de ma conduite en cette rencontre, et je m'en voulus d'avoir abusé de l'avantage que nous donne la propriété de quelques écus, pour tyranniser le pauvre diable qui attend que nous lui en fassions un transfert.

O métal, mobile des actions et des pensées, en vain les publicistes s'efforceront de réaliser parmi les hommes la chimère de l'égalité! Plus lourd que l'épée de Brennus, tu feras toujours trébucher la balance où se pèsent leurs droits. Quel est le sage qui n'a pas nourri une plus haute idée de sa personne chaque fois qu'il lui est arrivé de fixer entre ses mains tes espèces fugitives? Son ton, sans qu'il y prît garde, n'en est-il pas devenu plus impératif? et moi, qui me pique d'une certaine sagesse, ne me suis-je pas surpris marchant la tête plus droite et distribuant le sourire de la protection, le jour que le villageois laborieux, me faisoit quoi qu'en petite quantité, participer à tes bienfaits?.... L'orgueil des eufants de saint François m'a toujours semblé difficile à comprendre. Certes, le fondateur y avoit prévu, en leur mettant une besace sur l'épaule, et leur dîner dans la poche d'autrui.

Dès que je me fus saisi du cahier, j'achevai de régler mes comptes. Sur un signe de ma part, mon domestique, après avoir plié l'habit mordoré, le mit sous son bras et me suivit à mon hôtel garnie.

Entré dans ma chambre, je laissai au fidèle Joseph le soin d'ajouter cette nouvelle pièce à ma garde-robe, et, s'il le jugeoit à propos, de lui donner auparavant quelques coups de vergettes ; ce dont il s'acquitta d'une manière moelleuse et presque caressante. C'étoit en effet ce qui lui avoit passé de plus brillant par les mains depuis qu'il me rendoit ses bons et loyaux services.

Pour moi, je n'eus rien de plus pressé que de parcourir le manuscrit. Le titre m'en parut un vrai paradoxe. J'étois cu-

rieux d'apprendre comment l'auteur s'y
étoit pris pour le soutenir. Je m'attendois
à quelque chose de neuf, et je ne fus pas
trompé : tout ce qui m'étonna, ce fut la
rencontre d'un pareil fragment de littéra-
ture, de morale, ou de critique (car il tenoit également de chacune de ces parties)
dans la poche d'un habit qui, d'après mes
conjectures, ne pouvoit avoir appartenu
qu'à quelque éminent personnage.

Vous qui cherchez ici matière à votre censure [1], vous à laquelle je voudrois
plaire, en dépit de vos rigueurs, vous
croyez peut - être, ma belle dame, que
dans une disette d'idées j'ai fait ce manuscrit se trouver fort à propos sous ma
main, afin d'en tirer dix ou douze pages, qu'il me seroit assez commode de
placer au bout du présent chapitre ; votre perspicacité naturelle vous l'a dit :
mais cette fois elle est en défaut. Re-

---

[1] Voyez le chapitre X.

nonçant à ces moyens, quoiqu'ils soient
autorisés par de graves exemples, je
compte, avec l'aide de Dieu, vous faire
passer sans trop d'ennui les quinze minutes qui précéderont aujourd'hui votre
sommeil ; j'espère même ne pas opérer
un relâchement trop subit dans les muscles qui tiennent élevée la paupière du
lecteur, à moins que, par avance, il ne
se soit administré quelque narcotique
d'une efficacité reconnue, tel qu'un tête-
à-tête avec sa femme , une séance de
l'Institut , ou la lecture de quelque tra-
gédie nouvelle. [1]

Je vous déclare donc qu'il est fort
douteux que je vous entretienne jamais
du manuscrit en question , que le jour
qu'il pourroit répandre sur l'histoire de
mon habit mordoré m'engageroit seul à
changer d'avis, et que , dans tous les cas,

---

[1] On verra dans le second volume de cet
ouvrage qu'il en est que j'excepte.

je vous prouverai qu'aucune sécheresse
de mon propre fonds ne m'a déterminé
à puiser dans une source étrangère.

CHAPITRE VI.

Coup-d'œil.

D'ABORD combien de choses n'ai-je
pas à vous dire sur mon courage à paroître de rechef à votre tribunal! Certes,
si le métier d'auteur offre quelques jouissances, il a aussi ses peines secrètes, et
si, comme on l'a très-bien dit avant moi,
une piqûre d'épingle peut nous empêcher de respirer avec volupté le parfum
de mille roses, que sera-ce de la piqûre de mille langues d'aspics dirigées
contre notre repos? Tous ceux qui se
décident à écrire ont soin d'annoncer
que l'amour de leur pays et le desir
d'amuser ou d'être utiles leur mettent la

plume à la main. Aucuns ne parlent de
l'avantage qu'ils s'en promettent..... Sur
cinquante déclarations de ce genre, qua-
rante-neuf peuvent être arguées de faux.
Lecteur, dans une matière aussi délicate, je n'ai pas encore osé m'interroger
moi-même.... Qu'il vous suffise de savoir
que je ne vous regarde pas entièrement
comme mon obligé.... ne me traitez pas
pour cela comme si j'étois tout-à-fait le
vôtre.

Je crois que l'on peut ranger en cinq
classes la généralité de ceux qui courent la carrière épineuse des lettres.

Dans la première, nous mettrons les
écrivains par désœuvrement et par ennui : il est rare qu'ils ne répandent pas le
mal qu'ils veulent éviter.

La seconde se composera des auteurs
par famine, c'est-à-dire, de ceux qui
sentent le besoin de leur estomac et non
ce tourment du génie empressé d'essayer
ses forces, ou cette inspiration céleste,

annonce la moins douteuse d'un bon ouvrage ; ceux que des vues purement
mercenaires tiennent courbés sur la
feuille qui ne portera pas le timbre de
leur conscience , et ceux enfin dont un
tour piquant , un rapprochement heureux , ou un contraste bien senti , n'a
jamais distingué la pensée.

Dans la troisième , nous placerons celui auquel la nature a dit : « Tu écriras,
dût-il t'en coûter une partie de ta fortune , dût le public ne rendre justice
ni à tes intentions, ni à ta mémoire !
Tu écriras, et ton style, qui sera celui des
choses et non des mots , par une sorte
de prestige , enlèvera le lecteur. » O
Jean-Jacques, tu reçus cet ordre en nais-
sant, en vain essayas-tu de t'y soustraire ;
tes pages touchantes , baignées de tes larmes et des nôtres , assisteront aux dernières scènes de ce globe terrestre !

La quatrième classe se recrute des
auteurs fantasques, originaux et lunati-

ques. Elle se subdivise en deux portions
inégales : l'une, (et celle-ci est la plus
nombreuse) sans caractère et sans génie,
se fait obscure à force de profondeur, et
bizarre par envie d'être nouvelle. Ses
conceptions sont désavouées par le bon
goût. Vrais monstres dans le genre in-
tellectuel, elles ne servent qu'à consta-
ter les écarts de l'esprit humain ; on diroit
ces fœtus informes que le doigt malin
de nos philisophes indique à la curiosité publique. L'autre portion se compose de ceux-là qui , secouant le joug
des règles, regardent leur plume tour-
à-tour comme un hochet avec lequel ils
peuvent amuser les enfants, et comme
une verge avec laquelle ils corrigent leur
siècle, quelquefois comme un aiguillon
propre à exciter leurs semblables à la
vertu, ou comme un rameau qu'il leur
est permis de mettre dans la main de
l'affligé, et qui doit affermir ses pas dans
les sentiers de l'inquiète existence.....

Tristram, mon cher Tristram, vous serez toujours le compagnon de ma bonne et dema mauvaise fortune ! si je veux m'affliger, je vous trouve à mes côtés prêt à me demander de douces larmes ; si je veux m'égayer, vous êtes encore là pour peindre les ridicules. Cependant la bonté de votre cœur perce à travers la critique, et elle émousse au passage de vos lèvres le trait décoché par la satire ! c'est avec vous que je veux voyager désormais parmi les hommes. Dès demain je vous fais relier par Boserian.... Hélas ! pauvre Yorick, vous n'aurez jamais été si bien habillé.... [1]

La cinquième classe embrasse les auteurs par contradiction, et celle-là est

---

[1] Tout le monde sait que Sterne étoit très-simple dans sa manière de se vêtir, et que l'on ne trouva pas chez lui cinq guinées à sa mort. *Boserian*, le relieur le plus en vogue de Paris.

plus nombreuse qu'on ne le soupçonne ;
car la race d'Adam porte en elle-même
un levain de mécontentement contre
tout ce qui l'entoure. Nous voudrions
réformer à notre gré les hommes et leurs
habitudes. Le mal nous déplaît moins
parce qu'il est mal , que parce qu'il est
la disposition présente des choses. Inter-
rogez votre cœur , ô vous qui gémissez
sur le sort de ce proscrit , dont la porte
cochère s'ouvrit tant de fois pour laisser
passer sous vos croisées un superbe attelage , et dites-moi , mais sans vous abuser vous-même, si, dans les jours de sa
prospérité , il étoit impunément à vos
yeux élevé en honneur et puissant en
richesses ; dites-moi si vous lui pardon-
niez son hôtel , sa table bien servie et
même ses vertus ?... Ma question vous
embarrasse.... En vérité, il n'y a pas de
quoi ; car , à supposer que vous ne puis-
siez en ceci vous purger de tout reproche , vous aurez pour complices , votre

rue, votre ville, et peut-être le genre humain.

Injustes envers celui qui, pour être grand, n'en est pas moins digne d'estime, bienveillants envers l'affligé qui, pour être malheureux, n'en est pas moins coupable, nous prenons à tâche de donner des démentis à la fortune, et nos jugements sont presque toujours en raison inverse de ses distributions. . . . Je sais que les peines des gens en place sont un sacrifice expiatoire à la condition des petits ; mais l'esprit de contrariété joue aussi son rôle en cela, comme en bien d'autres choses. C'est une espèce de drapeau bigarré qui attire la foule sur son passage. Les auteurs aiment sur-tout à l'arborer aux yeux de leurs contemporains : tel étoit autrefois irréligieux dans ses écrits, parce que la masse d'une nation avoit la sagesse de respecter les bases essentielles de la morale, qui se montre dévot aujourd'hui, parce que l'athéisme

du boudoir de Phryné est descendu sous
l'échoppe, et qu'il ne reste plus à professer d'autre singularité que celle du
bon sens et des principes. Le moment
n'est peut-être pas loin où le même individu redeviendra philosophe. Sans autre
motif, certaines gens, après avoir déchiré l'Académie, disent du bien du
corps qui la remplace : Dieu merci ! je
n'ai à me reprocher ni l'un ni l'autre !

Les individus qu'un desir de gloire
ou de renommée engage à courir la carrière des lettres pourroient former une
sixième classe sous le nom d'auteurs par
amour-propre. Comme elle comprendroit toutes les autres, je me dispense
de la particulariser ; car depuis le tendre,
l'ingénieux poète de Sulmone, qui se
promettoit que ses vers surpasseroient
le marbre en durée, jusqu'au modeste
et révérentieux auteur du *Chemin du
Ciel*, ceux qui, dans les différents âges
du monde ont manié la plume, ont souri

à l'idée d'entretenir de leur nom les siècles futurs.

Je me résume. Tout homme qui fait gémir la presse doit être désigné par une ou plusieurs des dénominations suivantes :

1° D'auteur par ennui,

2° D'auteur par famine,

3° D'auteur par force,

4° D'auteur par caprice,

5° D'auteur par contradiction,

Et tous enfin d'auteurs par amour-propre.

Par amour-propre! lorsque ma main vient à tracer ce pénible aveu, mon front *s'empourpre* comme s'il étoit frappé des rayons du soleil couchant..... Hélas ! enfants des muses, vous ne connoissez pas la fausse douceur du fruit que vous poursuivez : de combien de sueurs ne faut-il pas l'arroser avant sa maturité ! combien de fois l'arbre qui le porte ne doit-il pas être fouillé à ses racines ,

ébourgeonné , mutilé même, quand l
s'entoure d'un large et verdoyant feuillage ! Il en coûtera toujours cher au repos de celui qui voudra avoir une plus
belle femme, plus de terres, plus d'autorité ou d'esprit que son voisin ; et
certes, sous ce dernier rapport , un auteur devient presque le point de mire
des sarcasmes , des malins propos et
des calomnies. On exige, et peut-être
en a-t-on le droit , que celui qui pré-
tend éclairer les autres , possède lui-
même une surabondance de lumières.
Bref , le projet de se faire imprimer me
paroît, à l'examen, une déclaration si peu
réservée du mérite qu'on se suppose ,
que je suis tout effrayé de me surprendre une plume entre les doigts.

CHAPITRE VII.

Promesse de réserve.

COMME je présume que le lecteur m'aura rangé sans façon dans la quatrième classe des écrivains dont je viens de tracer à ses yeux le genre et le caractère, peut-être même dans la première section de cette classe, il s'étonnera moins de trouver ici une conversation que je recueillis l'autre jour à travers quelques planches mal jointes, et qui eut lieu, dans un instant très-critique, entre mon hôtesse et une accoucheuse dont elle invoquoit le ministère. Elle pourra servir de suite au chapitre des auteurs.

Mais pendant que je songe à ce dialogue, je vois une femme s'avancer d'un pas grave vers mon bureau. Son extérieur composé, son air discret et son ton cérémonieux, m'annoncent une visite dans toutes les formes. Avec d'assez beaux traits, la dame n'est pourtant pas jolie, sans doute qu'elle seroit fâchée de l'être, car à peine montre-t-elle le bout du doigt. De longues mitaines lui recouvrent un bras qu'elle ne développe jamais, sa jambe est enveloppée de fourrures et l'ampleur de sa robe traînante, n'en laisse pas même deviner le plus simple contour. Je ne sais, en vérité, si elle n'avance par ressort.... Ai-je besoin de nommer la réserve ?

« Ah ! parbleu, madame, soyez la bien venue ! vous arrivez fort à propos : prenez ce fauteuil, asseyez-vous à ma droite, vous êtes libre d'y rester, jusqu'à ce que j'aie terminé le chapitre que j'annonce. Comme vous êtes d'une stature élevée, et que rien ne sauroit vous distraire, sans peine, par-dessus mon épaule, vous suivrez de l'œil jusqu'au moindre mouvement de ma plume. Je vous garantis qu'il n'en sortira pas un mot qui oblige votre front à se colorer d'une pudique rougeur. Je ne veux plus essuyer vos reproches fondés ou non, et je vous déclare que j'aimerois mieux écrire cinquante pages, cinq cents même sur le péché originel, sur le galvanisme, la vaccine ou quelque chose semblable, que de provoquer une seconde fois votre sévérité.

La matière que je vais traiter est délicate, à peine souffre-t-elle d'être effleurée ; aussi j'aurai soin d'en écarter les images trop bien calquées, les termes trop pittoresques, et les locutions trop vives. Vous me trouverez aussi discret qu'un jeune abbé en présence du supérieur, duquel il attend son bénéfice. En suivant cette marche je ne réponds pas que la plume ne vienne à m'échapper des doigts, et que la tête de votre altesse, succombant au sommeil, ne s'incline avec majesté sur le bord du fauteuil ; je m'y attends même. Ce sera une pause fort naturelle pour moi et pour la jolie dame qui aura la bonté de me lire après vous.

Lorsque, dans les routes de longue haleine, le voyageur rencontre de distance en distance un siége commode, par lequel il est invité à goûter un quart-d'heure de repos, il en profite avec un sentiment de gratitude, et il ne quitte pas le tertre ombragé sans bénir la main qui lui ménagea cette retraite ; on ne sauroit m'en vouloir pour une attention de ce genre envers mon aimable lectrice : je serois désolé de faner les roses de son teint , en prolongeant sa lecture aux dépens de son sommeil , et elle me saura gré d'avoir semé dans ce livre quelques pavots, qui, comme autant de bornes milliaires, lui apprendront discrétement combien aura duré la tension des fibres délicates de son cerveau.

CHAPITRE VIII.

Bénéfice sans charge d'ames.

Ma chère dame, prenez patience, l'enfant se présente à merveille ; encore un quart-d'heure, et vous serez soulagée.—

Hélas ! Suzanne, voilà neuf mois de souffrances, neuf grands mois.... Je réponds bien qu'on ne m'y reprendra plus !—

Vous ne seriez pas la centième qui, après avoir fait cette promesse, l'auriez oubliée. Il n'y a pas encore long-temps que je fus appelée par l'épouse d'un notaire qui me loue une mansarde. Pendant que je l'assistois, elle tenoit votre langage. C'étoient précisément les mêmes paroles ; je la quittai avec la crainte qu'elle ne se ressentît toute la vie d'une fausse couche qu'elle venoit d'essuyer.

Bon jour, bonne œuvre; je l'ai rencontrée ce matin comme elle alloit à la messe, et je me suis apperçue que je n'aurai pas de peine à me libérer envers monsieur le notaire du prix de mon loyer, puisque dans quelques mois je pourrai le payer de sa propre monnoie. —

En vérité, Suzanne, je m'étonnerai toujours qu'une femme qui jouit de son bon sens s'expose aux dégoûts, aux périls, aux suites fatales d'une grossesse, et cela pour.... aïe! aïe! —

Ici les mouches saisirent mon hôtesse, et ne lui permirent pas d'achever la phrase.... Dieu du plaisir, je présumai qu'en lui coupant la voix tu voulus étouffer un blasphême!

Remettez-vous, madame, ne pressez rien, et de grace un peu de courage. —

Oui, ma chère, notre folie n'est-elle pas inconcevable de braver tant et de si longues peines pour..... pour donner l'être à un enfant dont on ignore le destin, et qui peut forcer un jour ses auteurs à pleurer sur l'heure de sa naissance? Car enfin, qui répondra des enfants faits ou à faire? La mère, pendant prè s d'une année, gémit sous le fardeau; sans y pouvoir davantage, elle le dépose dans de mortelles angoisses, tandis que le mari.... aïe! —

Messieurs les maris, cette tranchée ne survint - elle pas à propos?.... Convenez que, dans l'œuvre conservatrice de l'espèce, vous avez obtenu un bénéfice sans charge d'ames, un bénéfice à simple tonsure, et qui n'oblige même pas à *résidence*.... Effectivement, cette dernière clause vous embarrasseroit un peu.... Tout ce que l'on exige de vous, c'est que vous chantiez de temps à autre l'antienne du jour, ou que vous entonniez le premier verset du pseaume, *Laudate, pueri, Dóminum*, par exemple; vous pouvez ensuite dormir à votre aise dans

votre stalle, ou sur votre lit de repos,
vaquer à vos affaires ou à vos plaisirs;
l'office ira son train comme si vous étiez
présent ; le bas chœur l'achèvera à ses
risques et périls ; le vicaire à portion
congrue confessera, le curé sermonnera,
le serpent bouffira ses joues, l'organiste
fera ronfler les pédales, le porte-croix
suera sang et eau ; et tout cela , monsieur l'abbé , pendant que votre révé-
rence sera occupée de sa digestion ou de
son repas du lendemain.

Au reste, cet état de choses n'est pas
mal imaginé ; car si l'époux, ainsi qu'il
se pratique dans certains pays , étoit
obligé de s'aliter quand la femme est en
couches, ou pendant le temps de la grossesse , qui sustenteroit la famille ? qui
fourniroit le ménage des objets néces-
saires, et qui présenteroit à l'accouchée
les restaurants propres à calmer ses douleurs ? Les fatigues de la maternité ont
été épargnées à l'être fort et robuste ,

parce qu'il étoit essentiel qu'il en supportât d'une autre nature.

La malédiction prononcée contre nos premiers pères a rendu les deux sexes sujets aux fièvres, aux goîtres, aux cancers, aux esquinancies, aux rhumatismes, aux fluxions de poitrine, aux sciatiques et à bien d'autres maux, qui font la fortune des médecins et des apothicaires; mais les douleurs de l'enfantement ont été particulièrement dévolues aux femmes. Sans la curiosité d'Eve et la condescendance de son mari, il est probable que tout ce qui concerne ces dernières auroit lieu dans un ordre aussi sage que bienfaisant; qui sait même si le deux cent soixante-quinzième jour, que l'enfant passe dans le sein de sa mère, suivant le calcul des médecins, et le deux cent quatre-vingt-sixième, suivant le code civil, n'en vaudroit pas pour elle le premier.... Dans cette hypothèse, l'ennemi le plus déterminé de l'optimisme conviendra que la somme dés biens l'emporteroit sur celle dés maux résul-tants de chaque adjonction à la grande famille....

La supposition de la chûte de la femme, sans cellé de l'homme , pour plus d'un motif, m'a toujours semblé dénuée de probabilités.... Cependant je me plais quelquefois à l'admettre en moi-même, et alors je me demande quelle eût été la sentence à laquelle nous eussions été condamnés.... Mais ceci entraîneroit une discussion trop longue , pendant laquelle il nous faudroit passer en revue différents systêmes , tel que celui des ovaires et des molécules organiques. Cet examen exigeroit lui-même certaines connoissances de notre structure animale ; je me bornerai donc à dire que saint Thomas d'Aquin après s'être fait avec candeur la même question , dans sa somme théologique, prononce affirmativement que nous serions encore les hôtes fortunés des bords du

Tigre et de l'Euphrate, et cela en conséquence d'un principe qui renverse de fond en comble le système des ovaires. Parce que, dit-il, l'espèce humaine étoit contenue dans Adam, comme dans son chef ; *quia in Adamo, tanquam in capite, continebatur genus humanum.* Je ne vous indiquerai ni la page, ni le volume, les ayant oubliés moi-même.

Seroit-elle fausse, il y a dix à parier contre un que cette citation ne sera pas relevée par un centième de mes lecteurs. C'est ainsi qu'à peu de frais on se donne tous les jours des airs de savants. Dites-le moi, messieurs de l'Encyclopédie, qui diable ira fouiller après vous Juste Lipse, Sanchoniaton, Scaliger, Grotius, Lambinus, Barnès, Muret, et Longin natif de la superbe Palmire ? Qu'est-ce qui lira jamais les diplomates, les critiques, les glossateurs, les rapsodes, les annotateurs, les rhéteurs et les controversistes, qui

depuis Homère jusques au règne d'A-
lexandre, se sont exercés sur les divers
sujets de cosmologie, de théologie, de
politique, de morale, de poétique ou
d'éloquence ? Qu'est-ce qui pâlira sur
ceux qui, depuis le règne d'Alexan-
dre jusqu'à celui de Louis XIV, ont
commenté les commentateurs eux-mêmes ? S'il falloit renfermer dans une seule
enceinte les rames de papier noircies
par les seuls grammairiens, à peine la
basilique de Saint-Pierre de Rome con-
tiendroit-elle leurs concordances, leurs
disputes, leurs analyses, leurs synony-
mes, leurs méthodes et leurs définitions.
A propos de définition, je ne doute pas,
mon cher Antonin, que vous ne préfé-
riez à toutes celles qui sont jamais sorties
de leur cerveau, le mot touchant et
simple de l'élève de Sicard. On demandoit à cet infortuné jeune homme, chez
lequel une surdité native obstrue le premier canal de la communication des idées,

ce qu'il entendoit par la reconnoissance ;
le crayon à la main, il répondit sans hé-
siter : « La mémoire du cœur. »

Il est temps que je retourne à mon
hôtesse et à son accoucheuse, desquelles
je me suis éloigné par une maudite dé-
mangeaison de recueillir de droite et de
gauche ce que je trouve à ma portée....
Mais qu'est donc devenue cette dame à
laquelle j'avois naguère présenté un
fauteuil, qui s'étoit assise près de moi,
et qui par-dessus mon épaule suivoit la
ligne fraîchement sortie de ma plume ?
En vain mes regards la demandent à tout
ce qui m'entoure : il faut qu'elle soit allée
chercher fortune ailleurs. J'atteste toutefois que je n'ai eu nul dessein prémédité
de l'éconduire.... En vérité, de toutes
les misères humaines, il n'en est aucune
d'aussi respectable à mes yeux que celle
d'une femme en couches ! ...

CHAPITRE IX.

On ne s'y seroit pas attendu.

« Suzanne, j'ai dans l'idée que je serai mère d'un garçon, et qu'il me causera beaucoup de chagrins. Peut-être sera-t-il mal conformé, tortu, bossu, ou manchot; j'en mourrois de regret. Il me semble déjà entendre mes voisines s'égayer sur son compte, ou s'apitoyer d'un ton malignement charitable. »

A quoi la sage femme répondoit dans les termes les plus persuasifs que la langue puisse offrir:

— Chassez ces noirs pressentiments, madame, il ressemblera à sa mère; comme elle il sera joli, et aura bonne façon.

Effectivement je me rappelai que mon hôtesse avoit d'assez beaux yeux; et je m'étonnai de n'y avoir pas pris garde plus tôt.

— Mais s'il alloit être un sot, Suzanne; c'est là ce que je redoute le plus, car vous savez bien que mon mari... —

Ici la phrase s'arrêta, soit qu'une pointe de douleur, soit que l'esprit de discrétion ne lui permît pas d'aller jusqu'à la fin.

— Que font les maris à cela, madame? j'en connois plusieurs qui n'ont pas des traits d'Adonis, et cependant je ne sais comment il arrive que leurs femmes trouvent toujours le secret de leur faire de charmants enfants; il peut fort bien en être ainsi de l'esprit : un habile médecin m'a démontré qu'il y avoit des raisons pour que les choses se passassent de cette manière.... Vous riez, madame? —

— Je ris, Suzanne, de la science de ton médecin.... Je doute qu'il pût me tranquilliser aujourd'hui.

— Allez, madame, ne soyez point inquiète sur l'être auquel vous allez don-

mer le jour. Je vous promets que si c'est
une fille, elle sera jolie, discrète et rem-
plie de graces ; si c'est un garçon, je
parierois cent contre un qu'il ira droit
son chemin. Il voyagera, madame, il
portera votre nom et lui fera honneur.—

— Je suis en effet résolue à tous les sa-
crifices pour lui donner la meilleure édu-
cation ; mais vous le verrez, Suzanne,
de bonnes ames chercheront toujours à
lui trouver des défauts. S'il ne marche pas en étourdi dans les rues, on le
dira pédant et empesé ; si ses discours se
ressentent de la bonne compagnie au
milieu de laquelle je prétends qu'il vive,
on croira qu'il veut sortir de sa classe ;
si son ton est simple et naturel, on lui
supposera l'air commun du village.—

« Craintes chimériques que tout cela,
madame, vous pouvez m'en croire, car
je m'entends à dire la bonne aventure
et ce matin, en songeant à vous, je me
suis mise à tirer les cartes. Ce que j'y

ai lu m'autorise à vous promettre pour
votre fils les plus heureux destins. Bien
reçu par-tout où il se présentera, fêté,
caressé, il fera la fortune de son père,
auquel il ménagera un poste important;
à son aide, ses cadets se pousseront dans
le monde, et c'est par lui que les richesses et les honneurs pleuveront dans votre
famille. »

Ces dernières paroles furent suivies
d'un moment de silence dans la chambre
de mon hôtesse; un cri se fit entendre;
l'enfant vit le jour..... et je devins auteur.

Lecteur pénétrant, je ne doute pas
que vous n'ayez saisi le double sens de la
conversation que je viens de mettre sous
vos yeux, et que, dans votre sagacité,
vous n'en ayez appliqué une bonne partie, ainsi que je l'avois fait moi-même,
à la position d'un écrivain; si vous n'a-
vez pas eu cet esprit, hypothèse que,
par égard pour vous, je n'admets qu'a-

vec une extrême circonspection , vous
voudrez bien relire ces deux derniers
chapitres , substituer un nom d'auteur ,
le mien par exemple , à celui de mon
hôtesse , remplacer la sage-femme par
l'Amour-propre en personne , l'enfant ,
par une production d'un genre un peu
plus dégagé de matière , par un roman
platonique , si vous le souhaitez , et vous
verrez que la majeure partie de ce dialogue renferme des traits d'une analogie
frappante.

Pour ce qui est du reste , je l'abandonne volontiers à la critique , trop heureux qu'elle n'en demande pas davantage. J'ai toujours entendu dire que dans
un incendie il étoit prudent de faire la
part au feu , et je lui permets de dévo-
rer cette portion du fantasque et léger
édifice de mes idées.

~~~~~~~~~~~~~~~~~~~~~~~~~~~~

CHAPITRE X.

A Mme LOUISE S. L. N.

*Qui a signé l'annonce du Voyage
de Vingt-quatre heures, insérée
dans le tome II de la Biblio-
thèque française.*

JE m'étois figuré la critique, cet épou-
vantail de tous ceux qui courent à perte
d'haleine vers les sentiers raboteux du
Parnasse, sous les traits d'un monstre
armé de griffes aiguës, de dards enveni-
més et de cornes menaçantes, je vois
qu'il faut rabattre au moins le dernier de
ces attributs, depuis qu'elle emprunte
pour m'attaquer les traits d'une jolie femme. Assurément personne ne s'avisera
de lui supposer des cornes : la phrase retournée d'une certaine manière paroîtroit
un peu plus probable....

Les dards et les griffes doivent être

également effacés du tableau ; j'ai senti, mon aimable dame, le poids de votre main, et je la crois douce et potelée, malgré l'usage que vous en faites.

Vous avez donc lu le voyage de vingt-quatre heures, cette histoire naïve de l'une de mes journées ? Dans le compte que vous en rendez au public vous avez fait vos preuves de goût, permettez qu'à mon tour je fasse mes preuves de pénétration, en hasardant quelques conjectures dont vous serez le sujet.

Charmante inconnue, j'infère d'abord de votre annonce que vous êtes mariée, ou que vous devriez l'être ; que vous avez beaucoup de jugement ; qu'avec mille avantages personnels, vous avez renoncé à la coquetterie naturelle à votre sexe, et que vous avez trouvé mon livre moins libre que certains lecteurs n'ont voulu me le faire entendre.

Je commence par vos droits au jugement : certes, vous en montrez, en mê-

lant avec adresse l'éloge et le blâme. Pour
que la critique ne rencontre aucun obstacle dans ses voyages, on a toujours soin
de lui donner de telles lettres de créance.
Vous n'avez eu garde d'oublier cette
sage coutume.

Vous êtes mariée, et je n'en puis douter ; car si une mère attentive avoit dirigé
vos lectures, il m'étoit à craindre qu'elle
n'éloignât ma brochure de vos mains.
Je ne puis m'en prendre qu'à deux ou
trois maudits chapitres qui, malgré moi,
ont sauté de ma plume sur le papier , et
que je voudrois y faire rentrer pour quinze pistoles. Cependant il me semble qu'il
seroit facile d'y porter remède , en scel-
lant les pages coupables, au moyen d'une
épingle ou d'un pain à cacheter. Comme
je ne suppose pas qu'on se soit avisé, pour
vous, de cette précaution, je crois que
l'hymen , en vous initiant à ses doux
mystères , vous a seul autorisée à me lire
et à dire que vous m'ayez lu.....N'ai-je

pas encore le droit de conclure que mes austères amis s'étoient alarmés à peu de frais. Certes, la morale est sauve où une critique aussi judicieuse que la vôtre ne s'attache qu'à l'impropriété des termes.

Il me reste à parler de votre réserve, et c'est ici que ma pénétration va briller dans tout son éclat.

Rousseau a dit qu'une jolie femme peut se permettre *de tourner la salade avec ses doigts jusqu'à trente ans*, vous me reprenez et même avec un peu de rigueur, pour avoir écrit après lui quelque chose de semblable ; d'où il faut conclure, ma belle dame, que vous n'avez pas lu Rousseau, ou que vous n'avez pas eu la coquetterie d'user du privilége dont il est question. Comme je ne saurois admettre que l'auteur brûlant de la Nouvelle Héloïse soit resté inconnu à celle qui le cite dans une touchante apostrophe, il me reste prouvé que vous n'avez point profité de vos avantages.

Vous avez sûrement composé vous-même ; mais je n'aurai garde de chercher dans vos ouvrages matière à ma censure. Livrée à des études sérieuses, vous n'aurez pu écrire que sous la dictée du dieu du goût. Si le genre de Tibulle au contraire vous a flattée, ainsi que je serois tenté de le croire, l'Amour est aveugle, et vous aurez encore tenu pour lui la plume....

La férule seule me paroît déplacée entre vos mains. Les Graces ne corrigent que le fils de Vénus; je suis loin de ressembler à ce dieu, et craignez que le martinet dont vous vous armez ne fasse oublier que vous pourriez être sa sœur....

Hilarion, mon cher Hilarion, vous avez beau vous contraindre, le mécontentement perce à travers votre feinte gaieté. Voilà donc les auteurs!.... de grace, mon ami, calmez votre bile : combien d'autres journalistes vous ont traité avec distinction ? Faudra-t-il qu'un seul, dont la critique est encore appuyée d'un éloge séduisant, vous fasse abjurer cette douce philantropie qui intéresse le lecteur à vos aventures?... Allons; un peu de sang froid, et, si vous voulez mettre du baume sur votre blessure, relisez le numéro neuf cent sixième de la Gazette de France, votre amour-propre, ou il est bien difficile, en sera satisfait.

CHAPITRE XI.

L'Almanach royal.

« Joseph, dis-je, en mettant deux lettres dans mon porte-feuille, nous ferons aujourd'hui des visites, et vous vous tiendrez prêt à me suivre sur les cinq heures du soir. »

De ces deux lettres, il y en avoit une destinée à monsieur le comte de ★★★, gentilhomme ordinaire de la chambre du roi, écuyer de madame la princesse de L*, membre de l'Académie des Sciences, ou de celle des Belles-Lettres. Je ne me souviens pas au juste de laquelle. Il me sera facile de vérifier la chose en consultant le dernier almanach royal, celui pour l'année 1789. J'en fis l'emplette en traversant l'autre jour le pont Notre-Dame. Cinq sous sortirent de ma poche, et je ne crus pas avoir payé trop cher, malgré le changement de régime, le livre le plus propre à l'histoire des grandeurs humaines.....

Pendant vingt minutes le volume est resté ouvert sous mes yeux. Quelle foule de pensées il fait naître !.... comme elles sont déchirantes et solennelles ! Où sont-ils les braves qui commandoient jadis les armées ? où sont-ils les savants qui éclairoient leur siècle ? qu'est devenue la voix qui faisoit retentir d'augustes vérités sous la voûte des temples ?..... L'épée des braves a été brisée, la lampe des savants a

été éteinte, et la voix des saints restera
muette, jusqu'au jour où ses bruyants
éclats, venant à rompre le silence des
tombeaux, porteront l'épouvante au sein
du coupable.... Triste effet des révolu-
tions et des guerres intestines qui en
sont la suite! C'est un véritable nécro-
loge que j'ai sous les yeux ! L'honneur
de la forêt, le chêne vénérable a été ren-
versé par l'ouragan, et ses énormes ra-
meaux ont jonché la plaine de leurs débris. Tout ce qu'il couvroit de son ombre a été entraîné dans sa chûte. Les
Graces et la Vertu ont péri revêtues
de formes célestes. Cette moitié intéressante de la création, les femmes.... Français, je ne vous connois plus.... Furieux
contre vous-mêmes, vous avez donc
froissé, foulé aux pieds les arbrisseaux
tendres et délicats, les fleurs dont une
main bienfaisante para cette terre de
pélerinage, sans elles passablement en-
nuyeuse.... Livre fatal! referme-toi sous

mes doigts tremblants.... Les souvenirs
que tu remues sont de trop fraîche date.
L'histoire plaintive que tu me racontes est
trop nouvelle..... J'entends encore réson-
ner à mon oreille la voix de ses mélancoliques acteurs.... Je les distingue à travers
un crêpe lugubre ; ils me parlent, ils me
voient, et je ne saurois soutenir leur regard, car je suis repentant pour mon siècle... Un jour, dans cinquante ans, ou plus,
le sage viendra méditer sur tes feuilles
touchantes ; il osera fixer ses yeux sur
de grands noms, de grands crimes, et
de grands malheurs ; et il se réjouira de
n'en avoir pas été le contemporain.....
Quant à moi, je n'ai pas la force de vérifier dans laquelle des deux académies
monsieur le comte de *** avoit les honneurs du fauteuil.

Ce qui m'étoit plus important, c'est
qu'il avoit à sa nomination une place de
bibliothécaire. Je me croyois propre à
cet emploi, et la lettre de recommanda-

tion que je lui devois remettre, et dont je connoissois le contenu, me donnoit l'espoir d'être accepté.

~~~~~~~~~~~~~~~~~~

CHAPITRE XII.

L'accessoire emporte le principal.

L'AIGUILLE de ma montre marquoit six heures, je jugeai qu'il étoit temps de commencer mes visites. J'avois fait pour ma toilette les frais convenables, et il ne me restoit plus qu'à passer mon habit. Il étoit devant moi, proprement plié sur le dos d'une chaise.... Ai-je besoin de dire que c'étoit celui dont je venois d'acquérir la propriété ? J'espère que la mémoire du lecteur est encore empreinte des circonstances qui ont accompagné ce marché. S'il en étoit autrement, ce seroit tant pis pour lui ou pour moi.... Je tranche le mot en ma faveur.

En vérité, n'ai-je pas fait humaine

I. 4

ment parlant, ce qui étoit en mon pouvoir pour lui rendre présente cette
scène économique domestique, ou mer-
cantile, tout comme il lui plaira de la
nommer ? Je l'ai conduit par la main
dans l'endroit où le dénouement a eu lieu ;
je lui en ai fait envisager les acteurs prin-
cipaux et, je me flatte d'avoir dessiné le
tout avec une telle vérité, que le moindre oubli de sa part tourneroit désormais
à sa honte.

Mais je me vois forcé d'avouer, à la
mienne, que j'avois marchandé mon habit
pendant plus d'un quart-d'heure, que j'en
avois placé l'étoffe entre le jour et mes
yeux, que je l'avois visité dans ses moin-
dres plis, et qu'enfin je m'étois avisé de
tout, excepté d'essayer mon emplette....
Combien de gens, pour les accessoires,
ont négligé, comme moi, le principal ! Tel
entend parler d'un poste elevé, lucratif :
il le sollicite, il s'affuble d'une simarre,
d'un rochet, ou d'un uniforme, et l'em-

ploi ne lui va pas mieux qu'un surtout
acheté à la friperie : tel autre demande
fort exactement si sa prétendue est riche
en écus et en beauté ; le reste , il n'y
songe même pas ; et , quinze jours après
les noces , il voudroit renvoyer la dame
d'où elle vient.... C'est ainsi que j'eus
l'idée de renvoyer mon habit à celui qui
me l'avoit vendu , car ses dimensions
n'étoient nullement en rapport avec les
miennes. J'y renonçai pour plus d'un
motif : le premier de tous , c'est qu'il me
falloit un habit.. . . . Bien des mariages
n'ont pas de raisons plus déterminantes :
l'on prend telle femme parce qu'il en
faut une , et les caractères comme les
personnes s'enchâssent tant bien que
mal.... *

Le cas où je me trouvois n'étoit pourtant pas sans remède : mon domestique
reçut l'ordre d'aller me chercher un
tailleur, et me laissa livré à mes réflexions;
je ne sais quel mauvais génie retint Jo-

seph, ou le rendit moins alerte que de coutume. Ce qu'il y a de certain, c'est que j'eus le loisir de faire en moi-même le plus long des chapitres sur les contre-temps : autant vaut-il que je le place ici.

~~~~~~~~~~~~~~~~~~~~~~~~~~~~~~~~

CHAPITRE XIII.

Des contre-temps.

L'ON peut regarder les contre-temps qui surviennent dans les différentes affaires, comme ces obstacles imprévus, qui, se présentant tout-à-coup au voyageur, l'obligent à s'arrêter court, à rebrousser chemin, à prendre des voies détournées, ou même à rentrer au logis. Ils influent singulièrement sur notre humeur, par les contrariétés qu'ils nous font éprouver, et il est rare que ce qui nous approche n'en ressente pas les suites fâcheuses.

Madame la baronne gronde ses gens, recommande ses enfants à la sévérité de leur gouverneur, querelle son mari, et tout cela pour un contre-temps : Monsieur le baron ne rentra-t-il pas hier au soir une heure plus tôt qu'à son ordinaire ?... Durmann spécule sur les grains : plusieurs milliers de quintaux de froment amassés par lui conspirent en secret pour sa fortune ; il va doubler et tripler son capital. Mais ne voilà-t-il pas que, sans égard pour ces calculs, le père du pauvre comme du riche promet à tous une copieuse moisson. Il ouvre sa main bienfaisante, et, avec elle, les greniers de Durmann qui lui demandoit, pour seul et unique grace, six semaines de misère publique..... Le philosophe Cléanthe se hâte d'achever son fameux traité de morale, il le dédie à un homme en place; celui-ci est disgracié quarante-huit heures après la publication du volume : véritable contre-temps s'il en fut jamais ! car, en se pressant moins, Cléanthe eût pu se faire un patron du nouveau ministre, ce n'eût été qu'un nom à substituer à un autre. Maintenant la chose est impossible; et, dans sa mauvaise humeur, il ne reste plus au philosophe qu'à écrire une satire contre son siècle.

L'à-propos est l'exacte antithèse du contre-temps : et combien ne se présente-t-il pas d'à-propos dans la vie, sans que nous en sachions gré à la main qui les fait naître sous nos pas!... Nous n'ouvrons la bouche que pour accuser le ciel, jamais pour le bénir... Vous avez concerté avec vos amis une fête joyeuse; une campagne voisine en sera le théâtre : il brille enfin le jour desiré; mais des nuages pèsent sur l'atmosphère, et vous ne manquez pas d'éclater en murmures contre celui qui déchaîne à son gré les vents et qui étend les brouillards. Le temps au contraire favorise-t-il vos projets, à peine y prenez-vous garde; il sembleroit qu'en vous distribuant une douce température le modérateur des éléments n'eût fait qu'acquitter une dette contractée envers vos plaisirs.

Je voudrois qu'il nous vînt quelquefois à l'idée d'apurer le compte de notre existence. Un examen impartial nous apprendroit que l'article des chagrins, qui sont les dépenses de la vie humaine, y est souvent grossi, et que, comme un intendant de mauvaise foi, nous nous permettons des omissions dans celui des plaisirs, qui en sont proprement la recette.... Il me semble en effet que nous devrions comprendre dans cette dernière colonne, mille petits avantages que nous tenons de la bonté maternelle de la nature, mille petites douceurs journalières dont elle gratifie ses enfants... Un repas sain et agréable, un logis commode, une belle journée d'été, la visite d'un ami, la lettre qu'il nous écrit, et qui est un autre genre de visite non moins intéressant,... La

rentrée d'une portion de notre revenu ,
la possession d'un bon livre , et l'ombre
naissante de l'arbre que nous avons
planté , devroient , comme autant de
joyeux messages, entretenir notre ame
dans un état de calme et de reconnoissance. C'est la menue monnoie du bonheur ; pour être commune , elle n'est
pas à dédaigner. Le sage n'aime pas à
toucher cette espèce de rente en grosses
sommes une fois payées.

Il faut avouer , par la même raison ,
qu'une continuité de petites misères et
de tracasseries fatigue plus l'existence
que ne le feroit une grande perte, un
vif chagrin , l'incendie de notre logis , ou
quelque événement de cette nature. Il
resteroit au moins l'honneur du sacrifice...
Les contrariétés répétées nous portent
leurs coups dans l'ombre. Personne n'est là
pour nous plaindre.... Elles versent goutte
à goutte sur nos lèvres la coupe du ma'-
heur : mieux vaut l'avaler d'un trait ;

l'on peut y succomber, mais le déboire est moins long.

Il est des contre-temps dont les combinaisons bizarres nous font quelquefois sourire en dépit de nous-mêmes ; la chose a lieu sur-tout lorsque, tranquilles spectateurs des contrariétés qu'éprouve autrui, nous pouvons saisir le côté plaisant d'une aventure. Celle qui affligea deux saintes ames, deux sœurs dévotes et modestes, nouvellement établies dans mon voisinage, offre des particularités assez piquantes. J'aurois voulu pleurer en apprenant leurs angoisses, et pourtant une gaieté vive et joyeuse fut le premier tribut qu'elles obtinrent de ma sensibilité. Cher lecteur, à présent que j'ai excité chez vous un desir curieux, il y auroit de la cruauté de ma part à ne pas le satisfaire. Voici l'histoire à peu-près telle que Joseph l'a recueillie chez l'épicier du carrefour.

CHAPITRE XIV.

La messe de Noël.

Dans une rue peu éloignée de celle que j'habite, certaine prêtresse, ce n'étoit pas une vestale, venoit d'acquérir domicile. Comme elle vouloit conserver une réputation de décence à la chapelle qu'elle desservoit de son mieux, minuit sonné, les pélerins, fussent-ils chargés d'offrandes, ne pouvoient pénétrer dans le sanctuaire. L'office cessoit à cette heure.

Un militaire (ces gens sont en tous temps dévots à Vénus) frappe à la porte. C'étoit veille de Noël; notre belle ouvre sa croisée, et prononce un refus : le militaire se borne à demander un asile jusqu'au matin. Il avoit sacrifié à Bacchus une partie de la nuit, et Morphée réclamoit l'autre.

La nymphe, en reconnoissant un ancien adorateur de ses autels, se rappelle
qu'il lui reste une clef de la chambre
garnie dont elle a été expulsée il n'y a
pas encore deux jours. Persuadée qu'on
n'a pu trouver de locataire, elle indique
la maison , l'étage , et la porte à son
ami, lui jette la clef, et va chercher le
sommeil sur sa couchette.

Le soldat, ce n'étoit autre chose, en
trébuchant un peu, se rend à l'endroit désigné ; sans peine il ouvre la première
porte , dont le secret lui est connu ; assez heureusement il franchit les degrés,
et, à l'aide du passe-partout, pénètre dans
une chambre où tout lui paroît encore
en très-bon ordre. Il s'étonne seulement
de trouver un beau crucifix entre les
deux fenêtres , une veilleuse dans le
foyer , et, à chaque côté d'un lit large et
garni de rideaux , un prie-dieu pourvu de
son bénitier. Les vapeurs du jus de la
vigne , jointes au besoin de sommeil, ne

lui font donner à ces choses qu'une mé-
diocre attention ; mais il apperçoit sur
un marbre une cafetière, de laquelle sortoit l'odeur suave du cacao ; d'un trait il
l'avale, ensuite il se déshabille, place son
uniforme avec son sabre sous le traver-
sin, et, sans autre cérémonie, se glisse
entre les deux draps. En conformité des
instructions de la nymphe, crainte d'accident, il avoit enlevé la clef de la serrure.

Il faut que vous sachiez, si vous ne
vous en doutez déjà, que deux sœurs
pieuses, occupées avec un saint zèle de
l'importante affaire de leur salut, étoient
venues chercher domicile dans ce quartier solitaire. La chambre leur avoit plu ;
comme elles couchoient ensemble, le lit
leur convenoit parfaitement ; et, dès la
veille, elles y avoient reposé leurs chastes
appas.

L'office nocturne de la Nativité les
ayant appelées à l'église prochaine, elles

y entendirent avec un pieux recueille-
ment les trois messes d'usage.... Elles
rentrent précédées de la foible lueur
d'une lanterne ; l'une s'empresse de dé-
gager les charbons cachés sous la cendre ;
l'autre va droit à la cafetière qu'elle trouve
renversée. Une chatte, seule distraction
qu'elles se permissent dans leur solitude,
fut accusée du larcin, et lorsque la bête
pateline vint présenter son dos arqué à
la main de ses maîtresses, au lieu de ca-
resses, elle en reçut la réprimande que
méritoit ce prétendu délit.

Des dévotes ont toujours en reserve
des patisseries et mainte friandise. Après
une légère collation, la veilleuse fut re-
portée dans le foyer, et les deux sœurs
s'agenouillèrent sur leur prie-dieu. A la
suite de quelques *Ave*, l'une écarte les
rideaux et soulève la couverture... l'autre
en fait autant, laisse tomber son dernier
jupon, et se place, ou croit se placer à
côté d'une compagne. . . . .

Muse austère de l'histoire, Clio, c'est
à présent que j'ai recours à votre assis-
tance. J'espère que vous ne me la refuserez
pas ; voyez où m'a mené mon récit, et
combien est scabreuse la route qui me
reste à parcourir !... Sauf meilleur avis,
je crois que le parti le plus sage est de
raconter tout bonnement le dialogue qui
eut lieu entre nos deux dévotes; et, quand
il en sera temps, je ferai paroître un troisième interlocuteur.

CHAPITRE XV.

Dialogue.

. . . .
. . . .

Ma sœur, vous prenez bien de la place
aujourd'hui ? — Ma chère Marianne,
assurément, j'allois vous faire le même
reproche.

—Cela n'est pas concevable, ma sœur ; quand nous serions trois personnes dans ce lit , on n'y seroit pas plus mal à l'aise...

Après un intervalle de silence , la dévote qui venoit de faire cette observation, ajouta en poussant sa prétendue voisine :

—Voyez enfin , ma sœur , si vous ne pourriez pas vous reculer un peu. —

. . . .

Soit que ce fût un effet de l'impulsion reçue , soit qu'il faille l'attribuer à un simple mouvement des esprits vitaux pendant le sommeil, le militaire étendit une main à droite ; l'autre à gauche, et continua de dormir. . . .

Le dialogue reprit entre les deux sœurs :

—Qu'avez-vous donc, Gertrude ? Placez ailleurs vos mains, s'il vous plaît.

—Vous-même, Marianne ; en vérité vous m'étonnez.

—Réveillez-vous, chère sœur, il faut

que quelque mauvais songe vous tour-
mente. —

Ces mots prononcés , la très-pudique
Marianne, croyant s'adresser à la bonne
Gertrude , soulève de ses pieux doigts
ceux du soldat , qui se réveille en sur-
saut, et qui, ne concevant rien à pareille
chose, se demande avec un style énergique dans quelle maudite maison son
étoile lui fait chercher refuge.

« Jésus d'amour ! où sommes-nous
nous-mêmes? » s'écrient les deux sœurs
en se jetant du lit en bas.

Celle-ci s'empare du bénitier , celle-là
s'arme de son rosaire à gros grains et se
prosterne pour invoquer tous les saints
de la légende. La lampe , posée dans le
foyer , répandoit par intervalle sa mou-
rante lumière sur le lieu de la scène.

A l'aspect de ces deux figures vêtues
de blanc, et dont l'une l'asperge d'eau
bénite , tandis que l'autre jette des cris
auxquels se mêlent les miaulements de la

chatte furieuse, le militaire, toutt millitaire qu'il étoit, eut peur ; il s'élance comme un trait à la porte, et descend les escaliers quatre à quatre.

Les deux sœurs crurent d'abord qu'elles avoient logé le malin en personne. Un peu revenues de leur surprise, elles frémirent du danger qu'elles avoient couru, et passèrent le reste de la nuit en oraisons. Leur couche leur paroissoit souillée par l'esprit immonde ; elles osoient à peine y jeter, de moment à autre, un timide regard.... Cependant les rayons du jour les ayant enhardies, elles firent quelques recherches, dont le résultat fut la découverte du sabre et de l'uniforme.... Sans délai, elles résolurent de changer de logement.

CHAPITRE XVI.

Complainte.

Qu'on me dise s'il arriva jamais de contre - temps plus fâcheux ; toutes les circonstances semblent s'être réunies pour faire le désespoir de ces pauvres sœurs.... Je les plains de toute mon ame.... C'étoit veille de Noël ; après leurs ferventes prières, elles comptoient dormir d'un sommeil de paix , sous la garde des anges. . . . Et voilà qu'un militaire sans pudeur. . . ! Bonté du ciel , quelle nuit elles dûrent passer ! et quand le matin elles trouvèrent l'uniforme , comme les propos caustiques, les sou-rires moqueurs, et l'affreuse calomnie prête à faire siffler ses serpents à leur porte , dûrent effrayer ces timides co-lombes!... Elles sont innocentes, dira-t-on : soit ; mais comptez-vous pour rien ces inquiétudes d'une conscience alarmée qui redoute, même en sortant victorieuse de la tentation, de n'être pas tout-à-fait sans tache ? Ames sensibles, ames dévotes, j'espère que vous donnerez une larme à la malencontreuse Marianne et à sa douce sœur.... Voyez : le repos est pour long-temps banni de leur sein, et il ne leur reste, en dédommagement, qu'un méchant uniforme dont elles ne savent que faire !.....

Telle à peu-près, mais pourtant moins fâcheuse, étoit ma situation. Un habit faisoit aussi mon désespoir.... Mes projets se trouvoient dérangés ; la belle saison étoit avancée, et monsieur le comte de ** pouvoit partir pour ses terres de province ; car monsieur le comte étoit riche, et passoit pour avoir beaucoup d'esprit, qualités qui marchent ordinairement ensemble, et qui se tiendront par la main, tant que les gens de lettres seront en quête de places, de pensions, et de bons dîners.... c'est-à-dire jusqu'à la consommation des siècles.

Je me reprochois déjà d'avoir fermé ma porte à la fortune par une négligence inexcusable , lorsque le tailleur entra précédé de Joseph. Il se chargea de l'habit mordoré, et promit, sur ma requête , de le rapporter le lendemain. D'un coup-d'œil , il en avoit saisi les défauts.

La soirée me sembloit un poids dont j'aurois voulu être débarrassé. Pour tout au monde , je n'eusse feuilleté un livre : Montaigne lui-même eût été sous ma main, que je ne me fusse pas donné la peine de l'ouvrir. Il y a des moments dans la vie où il seroit inutile de songer au moindre travail ; en vain se battroit-on les flancs : cocher mal-adroit, l'esprit ne parviendroit pas à rallier deux idées , à les atteler de front, et à les faire marcher vers le même but.... Je m'avisai d'aller à l'Opéra.

CHAPITRE XVII.

L'Opéra.

La résolution à laquelle je venois de m'arrêter renferme le secret de la richesse des artistes dramatiques. Il y a dans Paris trente salles de spectacle, plus ou moins bien construites, mais qui ont toute la même pierre de fondation, c'est le désœuvrement. Elles ont aussi leurs actionnaires ou directeurs, qui les achalandent de leur mieux. Ceux-ci comptent sur les avantages du local, ceux-là sur le génie du machiniste, très peu sur celui de leurs poètes; mais l'Opéra spécule essentiellement sur les jupons courts de ses danseuses.... Cela est économique. Nation légère, chez laquelle les drames se soutiennent par des ariettes, les ariettes par des rigaudons, et les rigaudons par la transparence et la ténuité des costumes !...

Pauvres mortels ! il vous faudra donc toujours en venir là quand vous voudrez rire ou vous égayer en ce monde.... L'on est pourtant forcé d'avouer que les Français ont outré la chose comme à leur ordinaire. Ils ont gâté la volupté ; elle n'est plus dans leurs cités populeuses qu'une catin qui n'a pas même l'esprit de faire la prude. J'aime assez qu'un peu de platonisme se mêle à l'amour : le plaisir ne peut qu'y gagner, quand la dose n'est pas trop forte.

CHAPITRE XVIII.

Joseph se conduisit mieux.

Je regrettai d'autant plus d'avoir déboursé mon écu pour assister à trois actes de chant bien longs et à un ballet bien court, comme le prétendoit un jeune homme de mon voisinage, qu'une averse survint au moment où l'on baissoit la toile.

— Mylord, ira-t-on vous chercher une voiture? me dit un grand polisson adossé contre une colonne. Le drôle n'étoit pas sot. Les comtés et les marquisats venoient d'être abolis en France; mais il les faisoit adroitement revivre. Qu'on laisse faire l'intérêt, et je réponds qu'avant quinze ans, sans que nos lois républicaines en souffrent la moindre atteinte, la vanité la plus exigeante n'aura rien à desirer.

Va, dis-je, et ma dépense du soir fut presque doublée : le cœur m'en saigna, quand je me rappelai avoir assez durement refusé une bagatelle à un vieillard qui se tenoit sous un arbre du boulevard, tout auprès de la salle de spectacle. Pour peu que les actions des hommes fussent réfléchies, ce pauvre diable ne

pouvoit assurément se mieux placer...
Il me semble encore le voir vêtu d'un
habit autrefois bleu foncé, mais tirant
sur le bleu de ciel à force d'usure; je
crois que c'étoit un ancien uniforme....
Une planchette, que deux bouts de corde
tombant d'un grillage supérieur tenoient
élevée au-dessus de terre, lui servoit de
siége. Un bâton étoit à sa droite, une
tasse de hêtre sur ses genoux. ... Ses
cheveux gris, sa physionomie ouverte,
et un reste de chapeau qui avoit conservé malgré les ans le retroussis militaire, m'eussent fait croire, si j'avois été
à Londres comme j'étois en France,
qu'après la mort du capitaine Shandy,
son digne serviteur Trim étoit réduit à
vivre d'aumône.... Cette idée ne me vint
qu'une fois entré dans la salle de spectacle; un moment plus tôt, j'en eusse suivi
l'impulsion, et certainement quelque chose fût tombé dans la tasse.... Foible mérite, il faut l'avouer, que celui de cares-

ser le fantôme de notre imagination
quand l'auguste présence de l'infortune
n'a trouvé chez nous qu'un cœur aride!...

Après tout, n'examinons pas trop
scrupuleusement par quel motif le bien
se fera ; c'est déjà beaucoup qu'il se fasse.
L'extrême sévérité dans la morale introduit le relâchement dans la pratique.
O mortels, soyez bons, soyez indulgents
ici bas, et tant mieux pour vous si vous
y prenez quelque plaisir ! tant mieux
si les illusions dont vous bercez votre
couche tournent au profit de votre voisin
en proie à de tristes réalités ! . . .

En passant, à mon retour, vis-à-vis de
l'arbre sous lequel j'avois vu le viéillard,
je me reprochai de ne vouloir le bien
que quand il ne dépendoit plus de moi de
l'exécuter. « Ce n'est pas ainsi, me dis-
je, honnête Joseph, que vous vous con-
duisîtes en pareille rencontre ! quelque
jour, quand je raconterai votre histoire,
je mettrai sous les yeux du lecteur ce

I. 5

touchant épisode de la vôtre. Je ne saurois me donner, pour l'instant, une telle
satisfaction: le titre de ce livre exige que
je retourne à mon habit mordoré, et que
je marche vers les grands événements
auxquels il va donner lieu.

CHAPITRE XIX.

Découverte.

LE tailleur vint à l'heure convenue.
Son exactitude me fit plaisir.... L'habit
m'alloit au mieux. Je m'avançai vers mon
secrétaire, et j'y pris l'écu de six livres
dont je me croyois redevable d'après nos
conditions. Mais je n'avois pas calculé le
chapitre des fournitures, elles doublè-
rent le principal. Il en arrivera tout autant à celui qui n'aura pas, plus que moi,
la prévoyance de les comprendre dans
son marché.

J'ai toujours eu pour principe que, dans les choses d'obligation, il faut mettre toute la bonne grace possible : disputer sur le paiement d'un ouvrier avec lequel l'on n'est pas convenu de prix, c'est le mécontenter en pure perte. Sa demande est fondée ou non; dans le premier cas, il seroit injuste de le réduire; dans l'autre, on ne sauroit compter sur le succès de la harangue la plus pathétique; celui auquel on l'adresse s'est déjà cuirassé....

Le peuple fait les réputations : vous aurez beau acheter des tableaux et des statues, si l'artisan que vous employez souffre dans son salaire, vous ne serez jamais qu'un être mesquin.

Au reste, peut-être aurais-je eu tort de me plaindre. Il entre tant de choses étrangères dans la composition d'un habit ! témoin celui que j'ai la hardiesse d'offrir au public.

Je payai sans murmure ; faites de

même, mes amis. Pour l'amour de Dieu, ne laissez pas ce mercenaire descendre tristement votre escalier. Avec toutes vos réductions, comment voulez-vous qu'il habille ses enfants en bas âge, et qu'il soutienne son père cassé de vieillesse ? Pour l'amour de vous-même, empêchez cette harpie d'ameuter à votre porte les oisifs et les badauds de quartier.... Au bout de l'an, votre bourse en sera peut-être plus légère de quelques écus ; mais, croyez-moi, votre humeur et votre santé s'en trouveront beaucoup mieux.

Joseph reçut l'ordre de s'habiller, c'est-à-dire de mettre son fraque de camelot vert, et ses culottes de panne rouge, tandis que, de mon côté, j'allois m'occuper de ma toilette.

Tout en me livrant à ce soin, je ne pus me défendre de quelques pensées mélancoliques : « Cet habit, me disois-je, dans la manche duquel je passe mon bras, cet habit appartenoit sans doute à

quelque grand seigneur dont les richesses et les titres seront restés sans force
contre une mort prématurée.... Des hé-
ritiers avides se seront présentés, car il
n'avoit point d'enfants à son chevet pour
recevoir son dernier souffle.... Ils se seront partagé les beaux ameublements,
les vases, les bijoux. Et la garde-robe!
ils l'auront livrée à un fripier du voisinage, qui gagne à présent deux cents
pour cent dans la revente.... C'est ainsi
que les objets sont ici bas dans une per-
pétuelle circulation; c'est ainsi, ma chère
Fanni, qu'un jour on détachera de mon
doigt cet anneau que je porte en mémoire de notre amitié, et qu'après avoir
eu tant de valeur à mes yeux, il sera
réduit à celle qu'il recevra de la balance!.... »

« Monsieur, me dit Joseph, comme
nous passions par la rue Saint-Dominique pour descendre celle du Bacq, monsieur s'est sûrement trompé, car nous

eussions abrégé notre route en sortant par la petite porte de l'hôtel. »

Cette remarque étoit fondée, et elle me donna le secret d'une singularité dont je ne m'étois pas encore rendu compte.

Le pavillon modeste que j'habitois alors dépendoit d'un superbe hôtel, et avoit sa sortie particulière sur la rue de l'Université ; mais, en traversant un jardin et une cour, l'on pouvoit gagner la porte principale, près de laquelle étoit le logement du concierge ; celle-ci s'ouvroit sur la rue Saint-Dominique. Il m'étoit arrivé plus d'une fois d'avoir préféré ce chemin, quoique beaucoup plus long que l'autre : l'avis de mon domestique m'y fit prendre garde, et je m'apperçus que la chose n'avoit lieu que quand un extérieur un peu soigné m'engageoit à me montrer au concierge et à sa famille ; alors, je demandois le *cordon* d'un ton de voix sonore, appuyé.... Tel nouveau riche, s'il souhaite connoître quel étoit ce ton, n'aura

pas besoin de parcourir toute l'octave ,
il lui suffira de s'écouter lui-même.

Quoiqu'il n'y ait pas de héros pour son
valet de chambre, j'eusse été fâché que
le mien eût saisi chez moi une pareille
petitesse ; je voulus m'en éclaircir. Je sa-
vois que Joseph distinguoit une jeune
marchande de fruits et de légumes, près
de laquelle nous eussions passé en suivant l'autre route. Autant que j'avois pu
le remarquer , c'étoit une blonde fort
agréable. Du connu l'on parvient à l'inconnu, et ce fut sur ce principe que je
donnai à ma réponse une forme inter-
rogative :

—Votre observation est juste, Joseph,
mais, mademoiselle Doyen n'y entre-t-
elle pas pour quelque chose ?

—C'est, en vérité, une bien honnête
personne, reprit-il en rougissant ; après
quoi il ajouta, avec assez de présence
d'esprit :

— Comme je croyois que monsieur

se proposoit de prendre une voiture, je me suis permis de lui observer que nous tournions le dos à la station des fiacres.—

Nous n'étions encore guère éloignés de l'hôtel, j'eus l'air de me rendre à cet avis, et je revins sur mes pas, ce qui me parut ne pas déplaire à mon domestique.

Il me le prouva en se redressant, et en tirant, avec une sorte de dignité, son chapeau neuf, lorsque nous vînmes à longer l'appentis de mademoiselle *Doyen*. Un coup-d'œil tendre, accompagné d'un sourire, succéda chez lui à cet air de majesté. Il s'approcha de la marchande, lui demanda familièrement des nouvelles du petit débit, reçut une réponse dans laquelle son oreille distingua un *monsieur Joseph*, prononcé de ce son de voix qui va jusqu'au cœur, et me rejoignit comme je montois dans un carrosse de place fraîchement vernissé.

Malgré que je m'y fusse attendu, je vis d'un mauvais œil s'établir entre nous

une certaine conformité d'idées.... Le
reproche que je lui adressai sur sa len-
teur à venir prendre son poste derrière
la voiture, se ressentit de ces dispositions.
Sans doute que par là je croyois rentrer
en possession du mien.

A peu de chose près, tous les hommes
se ressemblent donc, me dis-je en sentant le fiacre s'ébranler ; tous, depuis
celui qui dort au fond d'une alcove dont
le ceintre repose sur des colonnes ïoni-
ques, jusqu'à celui qui, dans l'antichambre, attend l'instant du réveil. La grande
différence sera toujours dans les fortunes ;
et si j'ai eu quelque plaisir à produire mon
habit mordoré, dois-je trouver mauvais
que ce pauvre garçon ait voulu montrer à
mademoiselle Doyen son fraque de camelot vert, et ses culottes de panne rouge?..
D'honneur, il y auroit à cela de l'injustice.

Le cœur des mortels renferme quinze
cents cachettes : en prenant à la main le

passe-partout de l'amour-propre, et en le présentant à chaque serrure, on en ouvrira douze cents.... Les trois cents qui restent obéiront à d'autres clefs, et encore le passe-partout pourra-t-il y jouer quelque fois son rôle.

La voiture s'arrêta rue Neuve-Saint-Augustin.

CHAPITRE XX.

La catastrophe est près.

LES dernières minutes de ma course avoient été employées de ma part à préparer quelques phrases à l'aide desquelles je pusse aborder le grand homme ; car il faut que l'on sache, pour l'honneur du pays, qu'il n'y a rien de si commun en France que de trouver des grands hommes sur son chemin.

J'en étois déjà à la troisième question

de monsieur le comte de ★★★, et à ma troisième réponse, dans laquelle, comme de raison, je faisois briller passablement mon esprit, lorsque le suisse, en m'apprenant qu'il y avoit eu grand dîner à l'hôtel, dérangea dans mon cerveau cette suite de périodes que j'y plaçois comme autant d'arguments communiqués. Je m'étois figuré qu'en sa qualité d'académicien monsieur le comte eût suivi la règle des sociétés savantes, où tout se concerte entre le président et le récipiendaire : l'idée d'un brillant salon fit évanouir ma méprise.

Eh ! quelle figure allois-je faire au milieu de ces penseurs profonds qui ont soumis la voûte céleste à leurs calculs, de ces femmes aimables qui, seules, les mettent en défaut, et de ces charmants étourdis qui ont tout vu, tout lu, tout effleuré, et qui, quand ils se sentent au bout de leur érudition, éblouissent l'auditeur par un bouquet de calembourgs?...

Il tenoit à peu de chose que je ne revinsse sur mes pas, lorsque je vis un des convives descendre les degrés dans un costume moins brillant que le mien......
Marchons, me dis-je, pourquoi la personne seroit-elle déplacée où l'habit ne sauroit l'être ?....

Effectivement, le coup-d'œil que je me donnai me fit avec assurance monter les degrés, traverser fièrement une antichambre, où je laissai mon domestique, et me présenter d'assez bonne grace à monsieur le comte de *** et à ses amis.

Je lui demandai un moment d'audience particulière, qui me fut accordée. Nous passâmes dans un cabinet voisin.

« Monsieur vient de Bretagne, me dit-il, en parcourant avec négligence la lettre que je venois de lui remettre ; c'est un pays où l'on est bien reculé pour les lumières. —

On y lit des ouvrages, monsieur le

comte, on les goûte même, et, sous ce double rapport, vôtre remarque pourroit être taxée d'injustice comme d'ingratitude. —

« Vous me rappelez, reprit-il, que ce pays a fourni des gens de lettres estimables; voilà comment La Fontaine et Piron, avec leurs bons mots, nous ont transmis leurs préventions.... »

Cette variété de langage ne me surprit pas : en tirant sur certains fils l'on fera toujours mouvoir les hommes à son gré; ils ne s'agit que de les saisir avec adresse.

Vous m'êtes chaudement recommandé, ajouta-t-il d'un ton de bienveillance, revenez me voir dans quelques jours; et je ne doute pas que vous ne conveniez au poste en question. —

En effet, je vis que l'impression reçue m'étoit favorable, et je suis encore persuadé que si monsieur le comte de ★★★ avoit prononcé dans le moment, il m'eût accordé l'investiture de l'emploi que je sollicitois.... Par malheur, il fit ce que l'on fait en pareil cas : il appointa la demande pour avoir l'air de méditer sa réponse ; et de ne rien décider sans avoir mûri son opinion. Pour l'ordinaire, la gravité tire plus d'avantages de tous ces délais que la prudence n'en profite.

CHAPITRE XXI.

Patience, cela viendra.

Nous rentrâmes dans le salon ; la gaiete folle qui y régnoit avoit de quoi me surprendre. Le sujet m'en étoit totalement inconnu, et je ne me fusse jamais douté qu'il tînt de si près à ma personne....

Pour tout au monde, je ne voudrois pas dans le moment présent me permettre une digression qui pût contrarier l'impatiente curiosité du lecteur ; mais, comme je touche à l'un des points les plus critiques de l'histoire de mon habit mordoré, et par conséquent de la mienne, j'espère qu'on ne trouvera pas mauvais que j'imite le voiturier intelligent, qui, parvenu au pied d'une montagne escarpée, accorde quelques minutes de repos à son attelage pour le mettre en état de la gravir.... Je serois autorisé, par analogie, à laisser en blanc au moins une couple de pages de mon papier, avant de rentrer en matière. Cette façon de prendre haleine me conviendroit beaucoup: d'abord elle avanceroit mon livre sans une grande dépense d'idées, et il auroit cela de commun avec bien d'autres... Ensuite la critique tourneroit le feuillet en rugissant de n'y pouvoir mordre; enfin, une aimable lectrice (je parle de celle-là dont l'indulgence s'est déjà manifestée par plus d'un sourire) se diroit, dans ses prochaines soirées d'hiver, tan-

dis que ses pieds mignons écartés l'un de
l'autre reposeroient sur les chenets de
son boudoir : « Combien de jolies choses
l'auteur , s'il en eût pris la peine , n'eût-
il pas mis dans ces deux pages ! » Et
à force de pénétration , croyant les y
découvrir, elle m'en feroit peut-être un
mérite. Mais , non.... J'ai calculé que la
présente œuvre devant être tirée à deux
mille exemplaires , il en coûteroit à-peu-
près pour suivre mon idée l'excédant
d'une demi-rame de papier , et je demande si une pareille prodigalité est ad-
missible dans un pays où cette matière
devient aussi précieuse que dans le nôtre,
dans un pays où la multiplicité des lois ,
des codes , des constitutions, occupe plus
de presses que l'Europe savante n'en a
jamais fait gémir ; dans un pays enfin où
l'exubérance des facultés intellectuelles
de chaque individu le force à des épan-
chements d'encre et à une consommation
de papier dont la masse devient incalcu-
lable.

Je ne veux pas que l'on ait à me reprocher cet attentat contre mes concitoyens. Libre du choix, j'aimerois encore mieux avoir médit du Panthéon, dernier asile de nos grands hommes, et de l'Institut, où, comme autant de chrysalides, ils attendent l'heure solennelle de leur glorieuse métamorphose.

Une autre considération m'arrête, et celle-ci est d'un grand poids; je redoute de fournir, par mon imprudence, des armes à mes ennemis. Ne se pourroit-il pas, en effet, que le lecteur prévenu, mécontent, ou blessé, profitât des deux pages non remplies que je lui laisserois, et que là, comme dans un champ libre, il donnât carrière à sa mauvaise humeur? Alors, ô fatal présage!.... alors mon livre iroit parcourir les siècles, accompagné du satirique libelle. Les arrière-neveux de ceux qui me lisent aujourd'hui de pitié hausseroient les épaules en prononçant mon nom, et, s'il leur arrivoit de visiter

un jour les rochers arides du Finistère,
d'un œil moqueur il suivroient le doigt
du pâtre dirigé vers le tertre où reposera
ma dépouille.

CHAPITRE XXII.

Catastrophe.

Il n'y a rien qui mette aussi mal à l'aise,
qui déconcerte et moleste autant toute
personne nouvellement survenue dans
un cercle, qu'une grande gaieté dont
elle n'a point le secret.... J'étois dans ce
cas, lorsqu'une jeune dame, avec toute
la gravité dont elle put s'accompagner,
me fit son compliment sur la coupe de
mon habit.... Je ne saurois en dire davantage.... La honte paralyse les trois
doigts, la main même qui me sert à tenir la plume.... Non, je ne serai pas le
peintre de ma propre défaite.... Le con-

quérant des Gaules, celui-là qui rendit aux Romains le service de les gouverner, quand ils ne pouvoient plus le faire eux-mêmes, s'enveloppa la tête de son manteau en se sentant frapper du fatal poignard ; l'artiste qui voulut transmettre à la postérité le sacrifice touchant d'une jeune fille immolée sur le rivage grec , eut soin de voiler le front du père de la victime : lecteur, excusez-moi, si je vous dérobe une portion de mes chagrins. . . . Le chapitre prochain répandra un jour suffisant sur celui-ci. Où la simple curiosité est satisfaite , le mauvais naturel peut seul desirer les longs détails.

CHAPITRE XXIII.

Je cherche des consolations.

« Il faut avouer, prononçai-je assez haut, sans m'en appercevoir, que c'est une des rencontres les plus perfides et les plus inconcevables qu'un homme d'honneur ait jamais faites ! »

« Monsieur, reprit Joseph, en m'approchant d'un air discret, comme nous traversions de notre pied la place du Carrousel, vous ne serez peut-être pas fâché d'apprendre ce que nous racontoit tout à l'heure le nouveau valet de chambre du marquis de Saint-Méran, de ce riche seigneur dont la sortie du sallon a précédé la vôtre de quelques minutes. Il nous assuroit n'avoir remplacé Jasmin, que parce que celui-ci n'a pu représenter hier au soir un des plus beaux habits de la garde-robe de son maître. —

— Eh bien, cet habit ?

— Est engagé chez un fripier du quai de l'Ecole, et je crains bien qu'il n'y reste long-temps, s'il faut que Jasmin l'en retire ; car le pauvre diable est sur le pavé, sans sou ni maille.

—C'est assez, répondis-je, et je me

hâtai de rentrer au logis.... Lecteur pénétrant, vous êtes aussi bien instruit que
moi-même.

Dès que j'eus passé ma robe de chambre de ratine grise, je marchai à grands
pas de mon lit à la fenêtre ; dix fois je
parcourus cet espace : cette recette, dont
plusieurs se sont bien trouvés, ne me fut
d'aucun soulagement.... Je m'accoudai
sur le balcon, espérant que la variété des
objets me serviroit mieux ; mon attente
fût trompée.... Je fermai les volets, et
je priai mon domestique de m'allumer
du feu ; je crois que c'étoit tout ce qui
me restoit à faire.

Le feu est ami du corps humain, il
endort la fatigue, il nous tient en tout
temps une aimable compagnie, et nous
récrée par sa douce chaleur.... Quelquefois il réveille en nous des idées que nous
appellerions en vain dans une enceinte
privée de sa présence. Je laisse à de plus
savants décider si le calorique met alors

nos fibres en contraction, ou si, après
avoir produit sur nous l'effet d'un éoli-
pyle, il force les esprits vitaux d'affluer,
comme une vapeur légère, au siège de
l'entendement.

Il faut que j'écrive à ces marquis,
me dis-je en tirant sur ma sonnette.
« Joseph, allez m'acheter un paquet de
plumes et un cahier de papier de Hol-
lande, le plus fin que vous pourrez trouver. Vous m'apporterez de la lumière
avant de sortir pour ces commissions. »

L'honnête serviteur s'inclina, et je
crus voir dans ce signe de dévouement
quelque chose de plus que du respect.
J'en fis la traduction suivante : « Mon
« maître est malheureux, mais il peut
« compter que son fidèle Joseph, par
« l'exactitude de son service, tâchera de
« lui faire oublier ses chagrins. »

Deux flambeaux furent posés sans
bruit sur mon secrétaire.

En attendant que le retour de mon

valet de chambre me permît de confier mes idées au papier, je pris, sur la tablette de ma cheminée le premier livre qui me tomba sous la main. C'étoit un volume de l'Écriture. Je l'ouvris précisément à cet endroit où le fils de Syrach, par de sages conseils, s'efforce de réprimer chez les hommes les mouvements déréglés de l'orgueil. Ce verset me parut si approprié à ma situation, que je ne saurois m'empêcher de le traduire ici.

« Ne vous glorifiez point dans vos
« habits, et ne vous élevez point dans
« le jour de votre dignité; car aux œu-
« vres du très-haut seules appartiennent
« la gloire et l'admiration ; plus d'un
« tyran s'est assis sur la pourpre, et plus
« d'un méchant a ceint le diadème; mais
« les puissants ont été eux-mêmes op-
« primés, *et les glorieux ont été li-*
« *vrés entre des mains étrangères.* »

Je résolus de mettre à profit cette maxime en la méditant, soit que j'en

fusse redevable au hasard, soit que la
providence eût pris soin de la placer
sous mes yeux......; et pourquoi cette
dernière n'auroit-elle pas l'intendance
des menus événements dont se compose la chaîne de notre destinée ? Ne
forment-ils pas une partie essentielle du
grand tout? L'homme, dira-t-on, est si
peu de chose devant la divinité! J'en con-
viens; mais ce peu de chose est encore
ce qu'elle a fait de mieux dans le monde
apparent et sensible.....

Il ne me répugnera jamais de croire
que la suprême sagesse s'occupe de la
distribution des détails avec le même
zèle qu'elle apporte à la régie de l'ensemble; supposer le contraire, ce seroit
chasser un prince de ses petits appar-
tements, et celui qui auroit cette hardiesse finiroit bientôt par lui interdire
la salle de son conseil...... Philosophes
du jour, je connois toutes vos objec-
tions; quelques-unes sont assez fortes.....

mais avouez que votre dogme de la fatalité est bien froid, avouez qu'il est aride....... il jette l'homme comme un orphelin au milieu de la nature. Nul support, nulle idée consolante, pas un rameau auquel s'attacher sur un sol semé de débris....... Il y a des quarts d'heure ici bas, où l'esprit est tenté de se rendre à vos arguments; mais le cœur refusera toujours de signer la capitulation..... Dogme pour dogme, je préfère celui qui me laisse un peu de courage; guide pour guide, permettez-moi de suivre celui qui n'est pas aveugle. Au moins si je me fourvoie, je puis espérer que l'on me remettra dans le droit chemin........

J'entends me demander après cela ce que devient le libre arbitre ? — Ma foi, ce qu'il peut, car ayant observé que sur dix affaires, où nous sommes maîtres de notre conduite, dans neuf, nos calculs se trouvent en défaut; j'aime mieux me reposer sur la prévoyance d'un bon père, que de m'endormir sur l'oreiller de ma propre sagesse.

~~~~~~~~~~~~~~~~~~

CHAPITRE XXIV.

Respect aux demi-dieux.

J'ÉTOIS en train d'écrire : un bout de de plume usé et la moindre enveloppe de lettre suffisoient , à la rigueur, pour conserver le premier jet de mon imagination. J'ai toujours aimé les homélies ; ce genre comporte une certaine aisance de phrase et une familiarité d'expression plus persuasives que toute la pompe oratoire. On diroit un voisin qui vient causer avec nous d'amitié, ou qui, dans une affaire épineuse, nous apporte le conseil de sa prudence... Les catholiques romains ont abandonné aux ministres protestants cette arme d'autant plus sûre,

qu'on songe moins à en parer les coups.
Ils ont eu tort. Nourri de la lecture de
Blair, Sturm, Sterne, Zollikofer, j'imagine que je deviendrois plus homme de
bien, tandis que les belles phrases de
Fléchier, Massillon, Poulle et autres,
ne feroient de moi qu'un orateur. Dussé-je être anathématisé, après avoir lu
nos meilleurs sermons français et nos
oraisons funèbres, je me suis cru quelquefois au spectacle, et j'ai été tenté
d'applaudir des pieds et des mains. [1]

Le verset que je venois de rencontrer
me sembla un texte fort heureux ; je
m'en emparai pour le commenter à ma
manière. —

Hilarion, puisque vous n'êtes pas du
métier, quel diable vous pousse à cette
besogne, et à quoi prétendez-vous qu'elle

---

[1] Le père Cheminais est un de nos meilleurs sermonnaires français. Ses ouvrages
sont presque inconnus.

mène dans ce siècle de lumières? Il est
vrai que les notions religieuses reprennent
crédit; mais songez aussi que vous êtes
sans mission, et que dès-lors votre homélie sera jugée sur l'étiquette du sac,
comme celles de certain individu duquel
les littérateurs peuvent dire, fort inno-
cemment, qu'il est grand homme d'état,
et les hommes d'état, qu'il est grand litté-
rateur.... Gloire à lui et aux siens! le léger
cerveau de celui-ci enfante de lourds sermons; la forte tête de celle-là nous promet de légers romans.... O la sage distribution d'emplois dans les familles! Voilà
comment le bien et le mal, neutralisés
l'un par l'autre, se réduisent à zéro. —

Grand merci de vos bons conseils :
vous prétendez, monsieur, qu'il faut
être empaqueté dans une soutane, et
cacher une tonsure de dix-huit lignes de
diamètre sous un bonnet à quatre faces,
surmonté d'une touffe de soie noire,
avant de prêcher autrui : moi, je soutiens

qu'il est permis à tout honnête homme
de chercher, dans sa bienveillance, les
meilleures règles de conduite pour soi
et ses frères, soit qu'il soit habillé de noir,
soit qu'il le soit de bleu ou de rouge....
Je ne défendrois que la bigarrure, et encore Yorick lui a-t-il obtenu son pas-
se-port. Aucuns costumes, (j'en excepte celui des jupons, et pour cause
que je vous apprendrai quelque jour)
ne pouvant nuire à la chose, je ne vois
pas ce qui m'empêcheroit d'écrire, et
même de prêcher chez moi pour peu
que la fantaisie m'en prenne, mon sermon, en robe de chambre de ratine grise
et en bonnet de nuit.

Assez d'autres se sont guindés sur des
échasses, ont fait des exordes et des pé-
roraisons, ont divisé, subdivisé, ont en-
tassé preuves sur preuves, argument sur
argument, et ont ennuyé leur auditoire....
Qui trouvera mauvais qu'à mon tour je
me procure ce plaisir ?

Toutefois, si j'arrive au même but, ce ne sera pas par le même chemin. A une décharge de mousqueterie on peut riposter par une pareille décharge ; à des sillogismes rien n'empêche d'opposer des sillogismes, car je ne sais quelle vérité, en se donnant un peu de peine, l'on ne parviendroit à révoquer en doute, et quelle erreur l'on ne couvriroit d'un coloris de vraisemblance. Puisque mon artillerie n'est pas assez forte pour battre en brèche l'esprit de l'homme, il me suffira de dire deux mots à son cœur ; c'est par lui que je veux me ménager des intelligences dans la place.... Qui ne sait que quand le chef parlemente, il ne reste plus à la garnison qu'à mettre les armes bas ?

Naguère, redoutant de devenir une pierre de scandale pour nos philosophes, je me proposois de faire paroître mon homélie sous un nom étranger. « Je l'en- « verrai, disois-je, à mon cher Antonin,

« peut-être qu'il accueillera cet enfant
« de ma douleur, qu'il lui trouvera une
« physionomie intéressante, et que, vou-
« lant bien l'adopter, il me sauvera de
« tout reproche. » J'ai changé d'avis.

Les canaux de communications sont
rétablis entre les branches et l'arbre an-
tique de la religion. Rome et la France,
l'église et les fidèles, le pasteur et les
brebis, vont reposer en paix sous cet
ombrage sacré. Pourquoi rougirois-je
d'y chercher un abri ?..... Parce que j'ai
la sottise de vouloir être quelque chose
en ce monde, faudra-t-il que j'adopte
les opinions désolantes, de tel tribun,
de tel conseiller d'état,
de ce membre de l'institut, section gram-
maire, de cet autre, section
géométrie ? Je laisse les
noms en blanc, les écrira qui voudra.
J'ai de bonnes raisons pour n'en pas tracer une lettre. La première, c'est que
ceux qui les portent ne sont pas encore

panthéonisés, et que j'ai le plus grand
respect pour nos demi-dieux, jusqu'à ce
qu'ils aient bu la céleste ambroisie......
La seconde, qui n'est qu'un corollaire
de celle-là, c'est que je me rappelle avoir
ouï - dire à mon défunt père, qu'il ne
ne craignoit que l'hôte d'en haut, et ceux
qui ne le craignent pas.... La troisième,
qui ne diffère en rien des précédentes,
c'est que l'autre jour je me blessai au
pouce en voulant couper une houssine
pour corriger mon chien.

CHAPITRE XXV.

Justification.

Pour le dire en passant, cet animal,
dont je chéris les qualités, a contracté
depuis peu une fâcheuse habitude, qu'à
tout prix je voudrois lui faire perdre.
Faute d'y réussir, je me verrai forcé de

m'en séparer de façon ou d'autre. Comme
je serois fâché qu'on le maltraitât, je tâ-
cherai de lui trouver un asile chez quelque vieille douairière, ou dévote, dont
toutes les lectures se borneront à celles
de sa paire d'heures. Peut-être son défaut
y sera-t-il patiemment supporté..... Voici
de quoi il s'agit :

Il a tellement pris en haine les productions de nos écrivains modernes, qu'il
les déchire toutes à belles dents. Dès qu'on
m'a prêté une brochure nouvelle, je suis
sûr, en rentrant au logis de la trouver
éparse en mille pièces, à moins que je
n'aie eu la prévoyance de la mettre en
lieu de sûreté. Il n'épargne ni vers, ni
prose. Encore, s'il ne s'attachoit qu'au
journal qu'on m'apporte chaque matin,
je lui dirois ! « Déchire, mon ami, déchire en toute sûreté de conscience, celui auquel tu te prends se vengera sur bien
d'autres. » Je vous raconte tout ceci, lecteur, craignant d'être accusé par vous de

corriger mon chien sans de graves motifs..... La cruauté envers ces êtres d'un
ordre inférieur m'a toujours semblé le
trait caractéristique d'une ame basse et
méchante; l'homme qui a des entrailles,
voit dans ses domestiques des amis humbles et malheureux, qui lui demandent
un asile en échange de leurs services; et
il traite les animaux eux·mêmes comme
des domestiques subalternes que la bonne
nature a placés dans nos maisons pour
alléger le travail des autres. Il n'est pas
douteux que par-tout le riche n'attelât
son semblable à la charrue, et ne s'en fît
une monture, si le cheval et le bœuf
ne se présentoient sous sa main pour cet
usage.

Louange éternelle soit au Dieu pré-
voyant, qui n'a pas voulu que sa créature la plus parfaite fût avilie au gré de
l'orgueil paresseux et de l'avarice impi-
toyable !.....

A présent que je me suis justifié du

soupçon qui pouvoit peser injustement sur ma tête, sans plus longs délais, je vais vous donner à lire mon homelie.

CHAPITRE XXVI.

L'Homélie.

In vestitu ne glorieris umquam, nec in die honoris tui extollaris quoniam mirabilia opera altissimi, solius.... multi tyranni sederunt in trhono, et insuspicabilis portavit diadema. Multi potentes oppressi sunt validè, et gloriosi traditi sunt in manus alterorum.

Chap. 2 de l'Ecc. vers. 3 et 5.

« N E vous glorifiez point dans vos habits. » Il est certain que le sage, qui nous fait ce précepte connoissoit bien la folie des enfans d'Adam. Il avoit lu dans leur cœur, et il avoit vu que leur vanité se fortifie à l'aide des objets externes, ainsi qu'elle se nourrit en elle-même d'idées présomptueuses.

Ce n'est pas toujours pour le plus sage que le ver à soie tire de sa filière un brillant tissu; ni pour le plus instruit que l'on carde la laine renommée de l'Angleterre; et le lin de la Flandre, qui subit tant de préparations, qui passe par tant de mains, avant d'être transformé en dentelle, ne va guère orner le front de la beauté modeste et vertueuse. A la vue des immenses fabriques, où les matières que nous tenons de l'attentive libéralité de la nature subissent leurs premières façons, ainsi que des nombreux ateliers où elles sont mises en œuvre, l'on sera peut-être tenté de me demander pour qui donc l'on réserve les trésors du sol et l'industrie.....
Vous le voulez savoir, mes frères : hé bien, apprenez que ce superbe drap, si poli à l'œil, si moelleux au doigt, habillera le traitant, qui, pendant quinze années, a spéculé sur la misère publique,

et cette malines, brodée avec tant d'a-
dresse, en prêtant sa bordure légère au
sein d'une courtisane, multipliera sans
doute les rets et les piéges de la sé-
duction.

Je suis loin de vouloir établir des gé-
néralités désolantes; tous les hommes bien
habillés ne sont pas des traitans, et les femmes élégamment vêtues sont loin d'être
toutes des courtisanes. La richesse est en-
tourée d'assez d'écueils, sans qu'on la calomnie. Ses abus sont seuls à condamner,
et si l'Écriture comprend dans ce nombre
la vanité qui résulte du luxe des vête-
ments, c'est qu'il est rare que cette vanité ne tienne par la main la dureté et
l'égoïsme. A Dieu ne plaise que ses cen-
sures ou les miennes atteignent le mortel
qui cache sous l'or et la soie un cœur com-
patissant! elles ne frapperont pas davantage l'épouse autorisée par le rang de son
mari à parer de modestes attraits du brillant produit de nos manufactures. J'ai vu

quelquefois le char, attelé de coursiers fou-
gueux, faire une station modeste auprès
de la porte étroite commune à vingt mal-
heureuses familles, et j'ai vu avec délices
en descendre une jeune beauté, qui, dans
les intervalles du sommeil, avoit nourri
des projets de bienfaisance!.... Je le sais :
il existe encore d'honnêtes créatures favo-
risées des dons de la terre et du ciel, et ma
bouche n'appellera pas de vains murmures
sur les lèvres de l'indigent.

Je passe à ce riche son superbe attelage,
si, en se faisant porter sur des ressorts
dont la souplesse transforme en volupté
la gêne des voyages et des déplacements,
il ne vole pas à des plaisirs criminels; je
lui passe même les quinze collets de son
cocher, si le drap qui les forme n'a pas été
pris sur la bure des misérables, dont les
membres à nu souffrent les rigueurs de
la saison. Mais, pourquoi s'enorgueilli-
roit-il de cet éclat extérieur ?..... Il veut
qu'on croie à son opulence : sur ce point,

nous sommes déjà d'accord. Mais ne
sauroit-il entrer dans le véritable sens de
sa fortune ?..... Le peuple admire les riches
habits, il les respecte en quelque sorte,
et ce sentiment est fort naturel. Un costume éclatant, après avoir frappé les
yeux, réveille dans l'esprit des simples des
idées de puissance et de bonté ; ils se per-
suadent que le desir doit marcher avec
l'heureux pouvoir de faire le bien, et leurs
hommages deviennent un appel à la protection. Béni soit le mortel docile à cette
voix, par laquelle il est sollicité d'accorder l'appui de sa force aux foibles, et les
leçons de son exemple à la foule empressée
sur ses pas ! à son approche, l'on verra
s'éclaircir les fronts obscurcis par le chagrin, le malheureux qui ne sera pas entièrement consolé, en sa présence, pleurera
au moins sans amertume, et la misère
toujours envieuse donnera peut-être son
assentiment à une loterie dont le tirage
ne lui a point été favorable.

Une parure distinguée offre presque les caractères d'un engagement contracté envers le public; mais la plupart des favoris du siècle y voyant autre chose, ce n'est plus qu'une brillante enseigne dont on décore un méchant cabaret... Celui-ci, parce qu'il est vêtu à cinquante francs l'aune, s'imagine avoir acquis le droit de ne pas croire en Dieu; celui-là, parce qu'il promène sa main sur le velours de son justaucorps, méconnoît les amis de son humble fortune; il en est d'autres, et ce sont les plus innocents, dont l'orgueil ridicule tient à la foiblesse de leur cerveau; vous diriez ces enfants qui marchent la tête plus droite, dès qu'on s'avise d'orner leur bonnet d'une aigrette.

Mes frères, n'oublions pas que le sauveur des hommes est venu, dans une admirable simplicité de cœur et de costume, accomplir l'œuvre de notre rédemption. L'Écriture, qui a conservé avec une scrupuleuse exactitude les détails de sa vie pri-

vée, ne fait mention que de la robe qu'on
le força de dépouiller à l'instant de son
douloureux sacrifice...... Tenons-nous en
garde contre les vêtemens somptueux.
S'ils n'altèrent nos vertus, ils nous font
au moins nourrir une vaine idée de notre
prétendue supériorité.... Qui ne sait pourtant que le genre de décoration dont on
se glorifie aujourd'hui, dans quelques années, ou, au moins dans quelques lus-
tres, paroîtra ridicule aux enfants de
ceux qui en tirent vanité?

A cela, j'ajoute que mille accidents
déplorables peuvent, d'un instant à l'autre, faire disparoître ce luxe de meubles
et d'habits que, dans votre pensée, vous
ne séparez jamais de votre personne. En
considérant de près la fortune la plus solidement établie, vous trouverez, sans
parler des chances politiques des empires,
que cet édifice de bonheur repose sur une
terre qu'un procès mal jugé peut vous
ravir, sur le crédit d'un négociant qui

n'est pas à l'abri des faillites, et sur une dignité à l'ordre d'un chef capricieux.... Toutes ces ressources, dites-vous, ne me manqueront pas à la fois. — Vous ne reconnoissez donc pas ce vieillard au front chauve qui s'avance pesamment vers votre porte, qui s'assied sur le banc voisin, et qui, à l'aide d'un gros fil, s'efforce de rassembler les haillons trois fois usés de sa misère?... Étudiez ses traits; peut-être y découvrirez-vous l'empreinte d'une félicité qui n'est plus, et d'une grandeur qui obtint de respectueux hommages.... Malgré ces indices, son nom échappe à votre mémoire : hélas! c'est que la pauvreté assimile entre eux tous les mortels inscrits sur ses registres. Pasteur hideux d'un troupeau décharné, elle les parque tous à l'injure de l'air, et sur un sol infertile.... Cet air distingué, que l'on dit survivre à la puissance, n'est le plus souvent qu'une chimère de notre orgueil, ou de notre prétendue pénétra-

tion..... Apprenez que vous avez sous
les yeux le propriétaire de plusieurs
hôtels et de plusieurs châteaux ; les ban-
quiers tenoient leur caisse ouverte à ses
ordres, et les graces de l'état passoient
par ses mains. Depuis que ses droits ont
fini, à peine le soleil a visité deux fois les
mêmes signes du zodiaque ; l'infortune
aux doigts d'airain a pourtant courbé sa
tête, a déchiré ses habits superbes, et la
parole du sage s'est vérifiée, lorsqu'il
nous annonce que *les puissants seront
livrés entre des mains étrangères.*

CHAPITRE XXVII.

L'Homélie continue.

Il n'est que trop vrai, mes frères, soit
laps de temps, soit force majeure, tout
périt autour de nous. Nous ne marchons
qu'au milieu des débris, nous ne revê-

tons presque que des dépouilles. D'autres mains que les nôtres ont effleuré les meubles présentement à notre usage ; ces mains sont aujourd'hui une froide poussière.... Combien de fois chacun de nous n'a-t-il pas renouvelé sa garde-robe depuis qu'il existe , et pourtant celles de nos proches et de nos amis défunts vont orner chaque jour les magasins des revendeurs. Sans doute que la nôtre subira cette commune destinée.... Nous vivons au milieu des changements et des substitutions. Notre corps lui-même se décompose et se recompose sans cesse. Sans la faculté mémorative qui constitue l'identité de l'être , je ne sais, en vérité, s'il y auroit en nous une continuité d'existence.

Mille voix retentissent du soir au matin à notre oreille , pour nous avertir de nous entourer des seuls objets dont la durée peut se prolonger au-delà de notre établissement terrestre. Si votre cœur ne vous a pas déjà dit quels sont ces objets , comment vous l'apprendrai-je ?

Habillé d'un épais plumage , le jeune passereau va parcourir les plaines de l'air, et la frileuse brebis reçoit en layette une chaude fourrure ; mais le triste enfant de la pauvreté sort du sein de sa mère , sans aucun abri contre les vents et les frimas. La suprême sagesse seroit-elle donc en défaut par rapport à son œuvre la plus parfaite? ou bien auroit-elle épuisé ses trésors dans la conformation des autres créatures ? Non., mes frères, puisqu'elle a placé une seconde providence dans le sein de l'homme. . . . Ministre d'un Dieu conservateur , la compassion nous adresse sans cesse pour autrui sa touchante prière. Les sons d'une voix altérée par le froid ou par la faim ont quelque chose de déchirant et de sublime qui ne permet pas de passer outre. . . . Ah ! si vous les avez entendus sans émotion pendant le jour, dites au moins le soir avant que le sommeil vous enlève le mérite des bons desirs :

« Je vais jouir d'un doux repos sans « craindre les injures de la saison, tan-« dis que le pauvre journalier qui de-« meure à ma porte endure ce qu'elle a « de plus rigoureux ; hé bien, dès de-« main je ferai relever sa chaumière, pour « que de sa couche il puisse à son tour « entendre avec un sentiment de plaisir « la pluie battre son toit solidement ré-« paré. Il ne m'en coûtera guère davan-« tage pour distribuer quelques aunes « d'étoffe à ses enfants, dont la froide « nudité afflige le regard de ma jeune « épouse, et les bénédictions de leurs « membres réchauffés veilleront à notre « porte, et nos jouissances s'accroîtront « du soulagement de leurs peines. »

Voyageurs d'un jour sur ce globe lui-même passager, tel est le bagage qu'il convient de faire marcher devant vous dans le décisif trajet d'une vie à l'autre.... De toutes les pacotilles que vous apporterez dans ces régions inconnues, c'est celle dont les bénéfices sont le moins douteux.... Cette pauvre famille logée par vous, ces enfants habillés, ce voisin secouru ou consolé dans sa détresse, s'offriront à votre vue lorsque les vanités du siècle fuiront devant elle. Vos yeux auront beau s'obscurcir, ils distingueront toujours ces douces images qui, comme autant de bons amis, viendront se placer autour de votre couche à l'heure triste et solennelle du départ.

Celui-là ne comprendroit pas ma pensée, qui me supposeroit le projet d'amener les mortels pourvus de quelque aisance au renoncement absolu des avantages résultants de leur fortune. On peut aider autrui, sans professer une telle abnégation. La nature la rejette, et la religion l'admire sans l'ordonner. « *Soulagez-vous les uns les autres, de manière que celui qui aide n'ait point de sur-charge,* » dit quelque part l'apôtre. Cet esprit éclairé d'en haut n'ignoroit pas qu'en demandant des vertus extraordinaires à l'homme, on finiroit par le dégoûter de ses plus simples devoirs.

Je me hasarderois encore à parier que le fils de Syrach, quand il nous met en garde contre la vanité qui suit le luxe des vêtemens, ne songe pas à nous interdire ceux dont nos moyens et le rang que nous occupons dans la société autorisent l'usage.

Un bel habit et une grande fortune ne sont pas en eux - mêmes un crime; j'aimerois autant dire que des haillons sont une vertu.

L'on peut porter le louvier le plus fin en toute innocence; et, dans certaines suppositions, il y auroit plus de vanité à se vêtir d'une serge grossière qu'à se couvrir d'or et de soie..... M'assurera-t-on que l'âne, qui mène vers la chapelle dont on célèbre la fête, cette villageoise au corset de fine toile et au bavolet plissé, n'est pas chargé d'autant d'amour-propre que le tabouret d'une duchesse ?

Il est des personnes dont toute la vertu tient à leur façon de s'habiller. Leur costume journalier leur assigne dans l'ordre social un certain rang dont elles seroient fâchées de déchoir. Le *négligé* n'est pas bon pour cette classe, plus nombreuse qu'on ne le soupçonne. Respectons chez elle une habitude conservatrice des principes d'honneur et de délicatesse. Tout foible qu'il est, ce roseau empêche bien des chûtes.

Un tort assez commun, c'est d'exalter trop chez les grands la simplicité de l'habit. L'autorité qui veut se rendre imposante a besoin de jeter en avant quelques preuves matérielles de sa supériorité. Fondées ou non, elles produisent leur effet, et puis les chefs des nations ne doivent-ils pas venir au secours de la foule

I.   7

des êtres nécessiteux, en les employant à décorer une grandeur qui commandera bientôt leurs hommages ? Nous ressemblons tous au statuaire de la fable, et nous sommes toujours prêts à nous agenouiller devant l'œuvre de nos mains..... En ce sens, un méchant habit, s'il n'est orgueil, est au moins mal-adresse : mieux vaut généralement laisser cette partie extérieure de notre manière d'être, aller au gré du temps, de l'usage et de notre bourse, car les prétentions à la négligence sont blâmables comme celles au faste.... Prétentions pour prétentions, je ne sais si je ne préférerois pas les dernières, en ce qu'elles sont plus près de la nature.....

La lanterne à la main, le sale Diogène eût-il cherché un homme en plein jour, s'il n'avoit cru l'avoir trouvé en lui-même ? Pour nous, mes frères, ce n'est pas chez de telles gens que nous chercherons les caractères nobles et distinctifs de l'humanité. Aussi, en rabaissant le mérite

que l'on accorde aux parures mondaines,
je n'ai voulu appeler votre improbation
que sur les partisans du luxe égoïste et de
la prodigalité imprévoyante. Une certaine
recherche dans les habits ne provoquera
jamais la colère du ministre du Seigneur;
il permettra même aux Graces d'assister
à la toilette d'une jeune femme, pourvu
que la pudeur y préside; d'un œil indul-
gent, il la verra marcher vers les fêtes
que ses charmes doivent embellir, et il
se réjouira de ce qu'elle offre dans sa
personne un encouragement aux bonnes
mœurs.

Gardez-vous donc, mes frères, de ce
rigorisme et de cette affectation de simplicité que le fondateur du christianisme
reprochoit à la race pharisienne, gardez-
vous......

Joseph, en revenant au bout d'un
quart d'heure, m'apporta ce que je lui
avois demandé, et l'homélie en resta là.

CHAPITRE XXVIII.

Correspondance.

JE m'occupai de la lettre que je croyois
devoir à ce marquis: pendant le temps
que l'on doit raisonnablement m'accorder
pour cette besogne, l'on pourra lire le
chapitre vingt - neuvième : il répond à
quelques murmures qui parviennent jusqu'à mon oreille.

CHAPITRE XXIX.

Ils se contredisent; nous en aurons bon marché.

« DIEU soit loué ! s'écrie l'un, en frap-
pant du plat de la main sur la table, Dieu
s oit loué, pour avoir fait arriver le valet
propos, car le maître paroissoit décidé

à nous endormir avec son homélie, qui
est bien la plus insipide et la plus en-
nuyeuse que l'on ait prêchée de mémoire
d'homme, ce qui n'est pas dire peu!.....
Mettre un sermon dans un roman! Il
faut avouer que c'est abuser des droits
de celui qui tient la plume, sur celui qui
achète son maudit griffonnage.

Comment supposer, dit un autre, en
regardant sa montre, que pendant une
aussi courte absence, l'on ait pu composer, rédiger, et transcrire cet essai de
morale? La vraisemblance, à coup sûr,
est ici blessée. —

Voilà deux reproches qui n'ont pas
plus de rapports ensemble que l'ombre
et la lumière, le plein parfait du chant
de Laïs, et les sons aigres et discordants
qui s'échappent du fond d'une taverne.
Le premier n'est que blâme; le second,
renferme un éloge délicat, car on ne
s'étonne guère de la brièveté du temps
employé dans une composition quelcon-

que, sans la juger digne d'estime. Rien
de plus commun que les gens expéditifs ;
mais il y a besogne et besogne : vingt-
quatre heures ont suffi pour substituer
des pyramides de lattes et de toile à nos
plus beaux monuments ; certes, la chose
n'étoit pas merveilleuse, et la fécondité
de tel et tel de nos écrivains modernes
ne sauroit davantage exciter la surprise.....
Pour échapper moi-même à toute observation de ce genre, je suis résolu de
mettre un intervalle de dix ans entre
chaque page que je serai désormais dans
le cas de publier. J'irai chez l'étranger. A
l'exemple du fils de Mélès, je parcourrai
les villes, lisant ma prose, mes vers, mes
chansons, mes discours. Je jetterai, de
temps en temps, des paquets de poésie
dans les gazettes ; tout à coup je m'a-
viserai de réunir ces tirades, étonnées de
se trouver ensemble, et, dans ma gé-
nérosité, je laisserai échapper de mon
porte - feuille un petit poème bien froid,

bien fleuri, bien léché, et l'on criera au miracle ! et l'on me désignera pour dixième muse ! et mon portrait sera coiffé de lauriers ! et l'on fera rimer mon nom avec les grands noms de la Grèce et de Rome !.....

Mais il est temps de répondre aux deux critiques dirigées contre mon homélie. Allons à la première ; comme elle me pèse davantage, je veux en être promptement soulagé.

Vous me blâmez, monsieur, d'avoir mis un sermon dans un roman : aimeriez-vous mieux que j'eusse mis, ainsi qu'il est arrivé à tant d'autres, le roman dans le sermon ? A mon avis, l'inconvénient seroit plus grave. Lévites du Seigneur, la foi seroit encore active, si vous l'aviez moins exercée ; c'est un ressort qui a reçu tant de surcharge, qu'il reste sans détente. Ne laissez plus croître sur la plante confiée à vos soins, des gourmands parasites ; des mains mal-adroites

viendroient encore les arracher, et pour
le coup ce retranchement feroit périr
l'arbre.

Vous trouvez mon homélie détesta-
ble! veuillez examiner si le dépit n'entre
pour rien dans ce reproche; peut-être
ne vous rend-elle mécontent de l'auteur,
que parce que vous le devenez de vous-
même : peut-être accuse-t-elle l'emploi
de votre fortune, consacrée plutôt à nourrir un luxe orgueilleux, qu'à subvenir à
des dépenses sages et vraiment honorables..... Mon exhortation fait partie d'un
livre frivole au premier aspect : c'est une
manière rusée de vous obliger à la lire.
Vous y avez d'abord jeté les yeux dans
l'espoir de vous égayer; vous avez con-
tinué à la parcourir par désœuvrement,
et, quoiqu'elle ne fût pas de votre goût,
vous avez peut-être poursuivi votre
lecture par ce sentiment d'obstination
qui nous fait atteindre la dernière page
d'un écrit dépourvu de pensées en droit

de nous plaire..... Il ne m'étonneroit donc pas qu'en dépit de votre critique, ce petit traité de morale eût frappé au but.... Si, en le lisant, l'idée vous est venue d'envoyer vos vieilles culottes à l'ouvrier dont les genoux percent à travers les haillons, ni vous, ni moi, nous n'aurons perdu notre peine.

Et vous, monsieur, qui, la montre dans une main, Aristote dans l'autre, calculez froidement les périodes que le génie, selon ses divers plans, éloigne et rapproche à son gré, me croyez-vous embarrassé pour vous répondre ? Avez-vous reproché au cygne de Mantoue d'avoir placé sous le même toit son héros et l'épouse fugitive de Sichée, de les avoir réunis dans la même grotte et de leur avoir fait parler le langage de la passion la plus touchante et la plus énergique, quoiqu'une lacune de plusieurs siècles ait séparé l'existence du prince troyen de celle de la malheureuse reine de Car-

thage? Lui avez-vous demandé de quel
droit il promène le fils d'Anchise à travers le Tartare, la grande prairie semée
d'asphodèle et les Champs-Élysées, en
moins de temps qu'il ne faut chez nous
pour se rendre de la barrière Chaillot
au bois de Boulogne?... Si tant est que
ces licences ne puissent trouver grace à
vos yeux, certes, vous n'êtes pas dans
le cas de vous confesser, ainsi que le fit
saint Augustin, d'avoir donné des larmes au triste sort de Didon séduite et
délaissée. Ce péché n'est pas fait pour
vous.

Mais j'ai d'autres excuses à vous allé-
guer; il appartient plus à la succession
des événements, ou des idées qui en ré-
sultent, de fixer la durée de la vie, qu'aux
almanachs et aux horloges de toutes espèces. C'est ce que prouvent certains
animaux observés par les naturalistes.
Pour eux, le berceau est à côté de la
couche nuptiale, et leur tombe touche à

celle-ci. Enfants le matin, amants heureux à midi, vieillards infirmes le soir, ils ont des colères d'une seconde, des habitudes d'une minute, des joies et des chagrins d'un clin d'œil. Dans moins d'heures que le soleil n'en emploie à monter vers son zénith, ils ont vécu un âge d'homme, puisqu'ils ont senti se presser et s'accumuler sur leur tête toutes les époques dont se compose l'existence d'un être animé....

Monsieur le calculateur, j'espère à présent vous avoir démontré qu'il m'étoit très-possible de composer une courte homélie, tandis que Joseph étoit absent pour mon service.... Vous êtes tellement à ma discrétion, qu'il est peu de choses, même dans le monde imaginaire, que je ne vous *obligeasse* à *croire*, si j'en avois la volonté.... Je m'apperçois de l'antipathie des mots que ma plume vient de réunir. Ils dissonnent, ils se repoussent, et impliquent contradiction : ils transforment enfin en un acte forcé, ce qui, libre de son essence, disparoît à la moindre idée de contrainte ; toutefois ils ne souffriront aucune rature. Depuis dix ans, je me vois *obligé de croire* tant de choses, que ces expressions, d'abord ennemies, ont acquis dans mon esprit une certaine familiarité.

Et premièrement, ne m'a-t-il pas fallu croire que nos philosophes sont les plus humains des mortels, que nos théophilantropes en sont les plus tolérants et les plus religieux, que le moindre de nos législateurs vaut un Lycurgue, et qu'un certain individu, de lamentable mémoire, avoit attaqué les Parisiens dans sa propre maison ? Ce n'étoit pas assez. Ne m'a-t-il pas fallu croire après cela qu'on m'incarcéroit pour ma plus grande liberté, et que mes contributions n'avoient jamais été plus légères que quand elles emportoient le tiers du revenu net ? Par malheur, mon jardin étoit là pour ébranler ma croyance, et chaque fois que la succession des jours et des mois rame-noit la fête de l'archange Michel, fête dans l'attente de laquelle les petits pro-priétaires consultent si souvent l'alma-nach, j'étois tenté de m'écrier avec le psalmiste : *Credo, Domine, sed ad-juva incredulitatem meam.*

Enceinte étroite et chérie vers laquelle un vieillard respectable guidoit les pre-miers pas de mon enfance, vous avez changé de possesseur ; il ne me sera plus donné de mesurer de l'œil le beau poi-rier qui s'élève entre vos murailles, de suivre l'ombre s'alongeant ou décroissant autour de sa tige.... Je ne projetterai plus à son abri ces remuements et ces nou-velles ordonnances de terrain qui atta-chent l'homme par tout pays à la pro-priété , qui lui font se dire : « Tu es « chez toi ; » et au milieu desquels il sourit à l'idée de son pouvoir..... Il m'a fallu vendre tout cela.... L'impôt m'en a fait une loi : enfant dénaturé, il dévoroit le capital !

A combien d'autres épreuves ma foi n'a-t-elle pas été soumise ! comme je n'oserois prendre sur moi d'en imposer de pareilles à celle du lecteur, je vais tout franchement lui donner une explication qu'il a dû pressentir.

N'ai-je pas dit, avant d'entrer en matière, que je me bornerois à conserver le premier trait de mon ouvrage ? Avec un peu de mémoire on se le rappellera, et c'est là précisément ce que j'ai fait. L'on peut ainsi composer un discours sur une carte, qui en présente au besoin les idées principales ; celles-ci réveillent les idées secondaires, et, au style près, article toujours à notre disposition, l'on se trouve avoir dans son porte-feuille une douzaine de manuscrits qui ne le grossissent pas beaucoup. Telle est ma méthode, à l'appui de laquelle je présente l'esquisse suivante, telle que je la dessinai dans les temps, et que je viens de la retrouver parmi mes paperasses. Je déclare que mon sermon a été composé sur ce canevas; mais je *n'oblige* personne à le *croire*.

~~~~~~~~~~~~~~~~~~~~~~~~~~~~~~

CHAPITRE XXX.

Charpente.

In vestitu ne glorieris unquam.

Sic vosnon vobis. { J'ai adouci cette idée qui seroit un appel à la sédition.

Quinze collets, pas un jupon!

Un habit promet quelque chose, tient peu.

Vieux portraits ridicules; les nôtres le seront.

Ils y a deux ans qu'il fut riche!....

J'ai perdu ce que j'ai gardé; { Application à faire de cette an-
J'ai conservé ce que j'ai donné. { ge épitaphe an-glaise.

Arrangeons cela, mes amis, sans trop

gêner personne, car l'apôtre ne le veut pas.

Le manteau troué.

Le bloc de marbre et le statuaire; avis aux grands.

Une jolie femme honnête plaide mieux la cause de la vertu qu'un philosophe en guenilles.

Filia principis , quam pulchri sunt gressus tui in calceamentis. Can. Cant^{ns}.

Au diable les Pharisiens avec leur mine blême! etc.

Joseph arrive. Fin du sermon.

CHAPITRE XXXI.

Où l'on verra pourquoi il y a tant de moralistes.

On en pensera ce que l'on voudra, mais j'essayai vainement, pendant un quart d'heure, de tirer cette lettre de mon cerveau. Il n'imagina rien qui convînt à la circonstance. Je desirois donner une tournure légère, agréable, s'il étoit possible, à l'événement qui m'avoit molesté, et me remonter dans l'opinion d'autrui, en plaisantant avec mon malheur..... J'éprouvai que, lorsque le cœur est malade, l'esprit ne sauroit être joyeux. Dans ces cas, le sourire à peine éclos vient mourir sur nos lèvres; il ne franchit pas l'intervalle qui nous sépare de notre voisin, pour exciter en lui d'agréables sensations..... il ne redescend pas en nous-mêmes pour appeller un aimable successeur.... J'eus beau tailler et retailler ma plume, en arracher les filaments cotonneux, la tremper dans le cornet, il n'en sortoit que de l'encre et pas une idée......; de dépit je l'écrasai sur le papier.

Dieu m'est témoin que je n'avois pourtant pas l'intention de produire une épître faite pour briller dans quelque cor-

respondance littéraire ou philosophique....
mieux peut-être eût valu; j'y eusse à
coup sûr trouvé moins de difficultés. Il
me falloit quelque chose de simple, de
naturel, et qui ne sentit nullement la
prétention, et cela n'est pas toujours sous
la main...... J'étois entouré de feuillets
noircis, raturés, lacérés : mon sermon,
que je ne crois pas, pour le dire en passant, ni le meilleur ni le pire de ceux qui
seront ou ne seront pas prêchés, ne m'avoit
pas coûté le quart de ce travail.... Qu'en
conclure, si ce n'est que la chose la plus
aisée au monde est de faire de la morale, et sur-tout, quand on est déjà de
mauvaise humeur?.... Il est si doux d'ad-
monester autrui..... si commode à l'homme, tranquillement assis dans son fauteuil, d'écrire des sentences, de renfermer la sagesse, comme un précieux élixir,
dans un petit nombre de phrases, ou de
la fondre, comme les gouttes anodines
de Sydenham, dans une potion sopori-

fique, c'est-à-dire, dans un discours oratoire, que je m'étonnerai toute ma vie
de voir le nombre des moralistes se réduire à quelques milliers.... Les donneurs
de conseils formeront toujours la classe
la plus nombreuse de l'espèce humaine.
Depuis la commère, qui prépare sa voisine nouvellement fiancée aux mystères
de Vénus, jusqu'au publiciste, qui voudroit que le gouvernement ne hasardât
pas la moindre démarche sans le con-
sulter, nous avons tous la prétention de
de diriger la conduite des êtres même
qui échappent à notre dépendance. Entre les œuvres de miséricorde, c'est celle
qui coûte le moins à notre charité.......
Les ecclésiastiques prennent le titre de
directeurs, et ne doutons pas que le privilége de donner leurs avis à leurs péni-
tents et pénitentes ne soit une des douceurs de l'état...... Le ministre le plus
imberbe du culte catholique soupire
après le moment où il pourra s'asseoir

dans un confessional, et aider autrui de sa jeune sagesse.

Affligé de tous les contre-temps dont j'étois victime, je pliois la marge d'une troisième feuille de papier, avec le projet d'essayer encore une fois mes forces, quand mon domestique parut à la porte. Il l'avait ouverte sans bruit, et ce n'étoit pas une indiscrétion de sa part.... L'honnête serviteur craignoit que je ne fusse incommodé. Il venoit s'en informer en personne; mais, comme je pouvois m'être jeté sur mon lit, sa prévoyance lui avoit suggéré d'éviter tout ce qui eût été dans le cas de nuire à mon sommeil.

La joie de me trouver bien portant rayonna d'abord sur son front. Il faut croire que mes peines secrètes ne purent lui échapper long-temps; car sa physionomie changea d'expression dans un clin d'œil. Elle passa du clair et du serein au sombre et au nébuleux. Joseph n'avoit pas le talent de Garick, ou de Préville, il ne con-

noissoit pas quels muscles doivent être
relâchés par le chagrin, et tendus en signe
de plaisir ; il n'étoit ni comédien ni homme de cour... Je fus sensible à cette con-
sonnance de ses sentimens avec ma position.

L'heure ordinaire de mon petit repas
du soir étoit arrivée, ou du moins il le
supposa...; il prit mes papiers, les plaça
sur une autre table, couvrit celle qui
étoit devant moi de quelques fruits, et
leur ajouta une bouteille de vin. Je le
laissai faire.... j'étois dans cet état où l'on
fait l'honneur à l'homme de le croire fort
occupé de ses réflexions, tandis qu'il lui
seroit difficile d'en rendre le moindre
compte.... Joseph se retiroit lentement
après s'être acquitté de cette partie de son
service.... Arrivé à la porte, il en souleva
le loquet, et, la tête tournée vers moi,
il resta quelques secondes dans cette attitude ; ce qui me parut signifier : « Si
« monsieur vouloit me dire deux mots,

« je ferois deux pas vers lui; j'entame-
« rois une petite conversation, et cela
« pourroit le distraire. »

Les deux mots étoient à peine prononcés, que Joseph étoit à côté de moi,
me racontant ses vieilles aventures de
Lorraine.

« Assieds-toi, mon garçon, lui dis-je
« et tu te rappelleras tout cela plus à ton
« aise. » En même temps, je lui versai
un plein verre de vin, avec invitation
de le boire à ma santé..... C'étoit la première fois que je le tutoyois, et il m'en
sembla plus reconnoissant que du verre
de vin.... Il prit ce dernier, me fixa avec
des yeux plein d'un tendre intérêt, et,
avant de porter la liqueur à ses lèvres,
dirigea son regard vers les solives de la
chambre...... Il n'avoit rien prononcé, et
pourtant je lus dans cette élévation de
tête plus que s'il avoit appelé à haute
voix toutes les bénédictions du ciel sur
la personne de son maître.

Dieu te bénisse toi-même, honnête créature ! me dis-je en l'invitant par un second signe à s'asseoir. La chaise étoit derrière lui depuis un quart d'heure, sans qu'il eût l'air de le remarquer : enfin il y prit place ; puis, par respect, il s'éloigna de quelques pouces avec le siége....., et nous eûmes un entretien qui le conduisit à me raconter sa propre histoire.

CHAPITRE XXXII.

Joseph et son maître.

. . . .
. . . .

Ma foi, monsieur, la vie n'est pas quelque chose de si triste que nous le disoit le théologal du chapitre de Nancy dans chacun de ses sermons. Dieu veuille avoir son ame ! mais je crois que ce jugement provenoit de mauvaise humeur. Ce qui seroit bien excusable, car le pauvre homme étoit rongé de goutte, et avoit à son service l'être le plus méchant qui porte le nom de fille.... —

Mon cher ami, vous êtes donc content de votre sort? —

Pour ne pas l'être, il faudroit se montrer bien difficile, reprit Joseph, en achevant son verre de vin.... Il ajouta, après une courte pause : Que me manque-t-il sur la terre? je suis bien vêtu ; graces à monsieur, mes repas ne m'inquiètent pas beaucoup, et je crois que, quand je serois grand chantre de la cathédrale de Nancy, comme s'en flattoit quelquefois mon défunt père, je n'aurois rien de mieux à prétendre. —

Quoi, Joseph, vous n'avez jamais éprouvé de chagrins? —

Oh! pardonnez - moi, monsieur, et c'est là justement ce qui me fait sentir le prix de ma condition actuelle. L'homme, selon moi, seroit fort à plaindre s'il ne

savoit un peu ce que c'est que le froid
et la faim ; il n'auroit pas une idée du
plaisir que l'on goûte en se voyant ensuite logé dans une chambre bien close,
et en prenant sa part d'un bon repas....
En vérité, je ne regrette guère d'avoir
passé une nuit sous le portail Saint-Ger-
vais, et d'avoir médiocrement dîné la
veille.... Je m'en trouve plus heureux d'ê-
tre au service de monsieur. —

« Joseph, je partirai bientôt pour mon
pays natal, et si vous voulez me suivre
vers la petite ferme que j'y possède, cela
ne dépendra que de vous, car vous êtes
un brave garçon. —

— Monsieur comptoit-il me laisser à
Paris ?

A ces mots succéda, chez mon domestique, un air rêveur mêlé de tristesse.
Je vis la portée de la question qu'il m'a-
dressoit, et, pour cause, je me gardai d'y
répondre.... Pouvois-je dire à cet être in-

I.   8

téressant, qui valoit mieux..... beaucoup mieux que son siècle :

« Mon ami, vous ignorez donc que les hommes, avant de conclure la moindre affaire, avant de s'attacher à aucun individu de leur espèce, ne fût-ce qu'à leur valet de chambre, sont obligés de s'entourer d'un triple airain. C'est presqu'un combat auquel ils doivent se présenter armés de toutes pièces..... Observer, épier, recueillir les rapports, les commenter, en tirer des inductions, et chercher à surprendre le secret d'autrui, tel est le passe-temps de ceux qui ont mérité le titre de sages....... Il faut qu'ils apprennent à lire la pensée sur le front, dans le geste, dans la voix....... qu'ils aient le regard vif, le sommeil léger, l'oreille toujours ouverte, et que leur nerf optique soit tendu vers les diverses physionomies soumises à leur examen, jusqu'à ce qu'il s'ensuive las-

situde ou rupture.... Ainsi, la prudence
l'ordonne..... »

Et l'avarice , la sordide avarice , que
de choses ne dit-elle pas ? A peine avois-
je songé à mener Joseph en Bretagne ,
qu'elle m'avoit prié de réfléchir au surcroît de dépense dont me grèveroit le
transport d'un domestique, du centre du
royaume à l'une de ses extrémités les plus
reculées ; elles m'avoit observé que prenant place dans une voiture publique,
comme je me le proposois , je pourrois ,
sans grande gêne , me passer des soins
d'autrui pendant la route ; elle n'avoit pas
oublié qu'il seroit aussi sage qu'économique de choisir un serviteur dans le pays
de ma résidence , et elle s'étoit étayée ,
avec assez d'adresse, du plaisir que l'on
doit trouver à occuper, avant tout autre ,
l'homme laborieux nourri du même air
qui le premier a fait battre nos poumons.

Voilà ce que me répétoient jusqu'à la

satiété, ces deux ennemies du bonheur...

Combien, en circonstance à-peu-près pareille, fut plus noble et plus généreux le mot d'un des premiers Montmorenci !

Son intendant lui présentoit une liste de réformes à faire dans sa maison dont les charges étoient devenues excessives : « Il est bien vrai, dit - il, après l'avoir parcourue, que je puis me passer de tous ces gens-là ; mais leur avez-vous demandé s'ils peuvent également se passer de moi ? » Et la réforme n'eut pas lieu.

J'aime mieux ce trait qu'un mausolée, fût-il exécuté par Pigal, ou qu'une oraison funèbre, fût-elle de Bossuet....

L'égalité seroit vingt fois décrétée que j'en verrois peu entre ce connétable et les fournisseurs qui font tomber aujourd'hui sous la hache les rejetons séculaires des chênes à l'ombre desquels il se promenoit. De grace, messieurs, laissez-en un seul debout, pour que, venant à passer

un jour dans le pays, je puisse m'asseoir
sous son feuillage, et m'y demander à
quels intervalles naissent les grandes ames
dans les empires et dans les familles.

J'avois moi - même suivi des guides à
la vue trop courte, et à la marche trop
rampante, pour soutenir la comparaison
avec ce héros.... Je ne pouvois rien dire
à Joseph des conseils qu'ils m'avoient
donnés, sans jeter dans son esprit d'é-
tranges idées sur les relations sociales,
et peut-être sur la nature humaine.....
Que de fois dans le jour nous mettrions
cette dernière dans le cas de rougir à ses
propres yeux s'il nous falloit révéler les
motifs déterminants de notre conduite!....
Je crus que c'étoit le cas d'imiter ces bons
enfants qui couvrirent la nudité de leur
père, et qui, dans cette œuvre pieuse,
détournèrent leurs yeux d'un spectacle
qui les eût affligés.

Cependant, pour écarter toute arrière
pensée, je jugeai convenable de donner

à ma réponse quelques rapports avec la question envisagée de son vrai point de vue.

« A présent, dis-je, que nous avons fait connoissance, j'espère que notre société sera de longue durée.... » Je me hâtai d'ajouter : « Il me paroît, Joseph, que vous avez eu ce que l'on nomme des aventures ; j'aurai du plaisir à les entendre, si vous en trouvez vous-même à me les raconter. »

Il ne demandoit pas mieux, et sans longs préliminaires il entama sa narration dans les termes qu'offrira le chapitre suivant.

CHAPITRE XXXIII.

A quelque chose malheur est bon.

Si vous le permettez, madame, ce récit sera différé d'un chapitre. J'ai besoin de celui-ci pour y placer quelques renseignements que je ne saurois me dispenser de vous servir , et sans lesquels , selon tous les maîtres de l'art , il nous devient impossible de passer outre..... J'y joindrai une courte étude sur moi-même. Oui, sur moi, madame.... J'aurois sûrement plus de plaisir à la faire sur vous, toute équivoque à part ; car je les déteste autant que Boileau, qui en fit le sujet d'une de ses satires , et ce ne fut pas la meilleure..... Mais, patience , vous n'y perdrez rien, mon chapitre des jupons aura son tour ; je ne l'aurai pas vainement annoncé. Comptez que seule vous y figurerez d'un bout à l'autre, au moins des pieds jusqu'à la ceinture.... Je n'y paroîtrai pas un instant, quelque tentation que j'en pusse avoir.... En vérité, madame, cette étoffe légère s'arrondit pourtant au mieux sur votre taille, et le libertin de zéphyr, qui la chasse entre vos genoux, dessine des formes si gracieuses!...

Je viens aux éclaircissements que je vous ai tout-à-l'heure promis : il est de règle, quand on introduit sur la scène quelque personnage racontant ses aventures, de faire connoître les dispositions de ceux qui l'écoutent ; cela donne la clef des signes d'approbation ou d'improbation qui leur échappent ; on ne s'étonne plus de les voir interrompre, favoriser de leur silence, épouser la querelle du conteur, ou le donner au diable avec son histoire..... Vous apprendrez donc, dussé-je essuyer de votre part ce dernier traitement, que j'étois on ne peut mieux préparé à prêter une oreille atten-

tive à mon domestique. Je ne sais comme
les chagrins de la soirée s'étoient insen-
siblement effacés de mon esprit ; mon
cœur étoit plein de la bienveillance la plus
douce et la plus affectueuse ; elle cher-
choit à se répandre au dehors.... J'aurois
voulu être prince, non pour attrister mes
ennemis personnels du spectacle de ma
grandeur, mais pour faire circuler l'alé-
gresse dans toutes les classes de mes sujets, pour la verser de ma cour dans les
villes, et de celles-ci dans le hameau le
plus ignoré, le plus perdu de mon em-
pire....

Un subalterne étoit à côté de moi ; je
n'y voyois qu'un égal. Il m'avoit donné
déjà maintes preuves de son zèle ; toutefois je n'en avois jamais usé aussi familièrement avec lui ; jamais je n'avois autant
rapproché l'homme qui rend d'humbles
services, de celui qui croit s'en libérer
avec quelques pièces de monnoie.... A
qui devois-je cette force répulsive du

moi personnel ? Comment s'étoit opérée cette amélioration de mon être ?... Ah ! c'est qu'il existe dans la voix, comme dans les traits de celui qui compatit à nos maux, un charme secret qui nous attire ; c'est que les sons qui partent de sa bouche, après avoir reçu l'expression de son cœur, se montent sans peine au ton mélancolique du nôtre ; c'est, pour tout dire, que l'individu qui vient d'essuyer quelque revers en est plus disposé à considérer les choses dans leurs véritables rapports....

Certains malheurs ressemblent au coup de fouet que le postillon donne à un cheval indompté, pour le faire marcher avec le reste de l'attelage dont il veut se distinguer par ses écarts ou par son allure....

Le ministre qui voit approcher l'heure de sa disgrace ne se refuse guère aux sollicitations. Accessible à tous, il lit tous les placets, il fait droit à toutes les re-

quêtes.... Le malade prêt à exhaler son
dernier souffle desire répandre des bienfaits sur tout ce qui l'approche : il fut in-
grat toute sa vie, et il consacre sa dernière heure à la reconnoissance.... J'ai
même examiné qu'un homme qui vient
d'être frappé dans quelque chose de cher,
n'en est pas pour cela plus éloigné de
servir autrui....

Seroit-ce que , semblables à des enfants auxquels on vient d'arracher quel-
ques-uns de leurs jouets , nous nous dé-
tacherions par dépit du peu qui nous
reste , ou que nous nous complairions
encore dans ces actes d'une autorité
qui va s'éteindre ?... Je n'en sais rien.
J'aimerois mieux croire que nous vou-
lons mettre la fortune dans son tort , en
lui prouvant qu'il y a quelque chose de
bon en nous, et en rangeant les suffrages
de notre côté....

Il est si naturel de souhaiter laisser
après soi des traces honorables de son

existence ; que les honnêtes gens s'occupent d'autrui dans les jours de leur faveur, et que les autres y songent quand ils ne peuvent plus rien pour eux-mêmes....

Quoi qu'il en soit, les maladies, les plaies du cœur et de la bourse, ne sont pas toujours d'aussi grands maux qu'on l'imagine : elles rétablissent dans notre esprit l'équilibre qui doit exister d'homme à homme ; elles jettent quelque chose dans le plateau de la balance qui supporte les destinées d'autrui, et il n'est plus si léger à nos yeux....

Quand tout nous rit, comme nous sommes peu touchés des maux que nous n'éprouvons pas ! ce que nous demandons, nous l'exigeons à titre de dette ; ce que nous rendons, nous le laissons échapper à titre de graces.... La dépendance d'autrui nous plaît plus qu'elle ne nous importe ; les prières nous flattent plus qu'elles ne nous émeuvent, et les refus

nous choquent plus qu'ils ne nous nui-
sent.... Nous avons des amis pour être
protecteurs, et des emplois pour parler
en maîtres... L'innocence a beau être
froissée sur la terre, notre cœur n'en
reçoit pas le plus léger contre-coup ; elle
a beau tourner vers le ciel un œil chargé
de larmes, le nôtre reste toujours sec....
Mais que l'infortune change en nous ces
sentiments ! instruits à son école, nous
devenons sociables et généreux. Le salut
qu'un passant nous donne lui assure
presque des droits à notre amitié. Nous
tenons compte à notre voisin du bon
jour qu'il nous souhaite, et à notre chien
du plaisir qu'il a de nous suivre....

Il avoit ses intentions, celui qui plaça
ainsi la bonté à côté du malheur, et qui
entoura la prospérité de tant de perils....

Mais, tandis que je vous fais cette histoire du cœur humain, je ne dois pas oublier que Joseph est là tout prêt à me con-
ter la sienne ; il s'est déjà gratté l'oreille à

deux reprises, il s'est promené les doigts
sur les sourcils, enfin il prend la parole,
après avoir quelque temps regardé les
pieds de sa chaise ; ce que je vous prie
de remarquer, car nous nous rappelons
le passé, en inclinant notre tête vers le
sol, et nous songeons à l'avenir en
l'élevant vers les cieux, comme pour
rendre à chacun ce qui lui appartient....

Que de lumières un jour on pourra
puiser dans ce livre ! j'en suis moi-même
émerveillé.

CHAPITRE XXXIV.

Histoire de Joseph racontée par lui-même.

« Mon père étoit hommed'église. » . .

. . . .

. . . .

CHAPITRE XXXV.

Il a l'esprit aliéné.

Ces mots étoient à peine prononcés, que je me trouvai dans une profonde solitude. S'élancer à la porte, traverser le corridor, descendre les degrés quatre à quatre, n'avoit été pour le conteur que l'affaire de quelques secondes.

« Si Joseph n'est pas décidément fou, « me dis-je, en jetant au feu le cure-dent

« que je tenois de la main droite, sans dou-
« te pour donner à mon attention un air
« méditatif, je lui signifierai dès demain
« matin son congé ; et s'il est fou, me
« demandai-je, qu'en faire ? ou le pla-
« cer ?... Sera-ce dans ces hospices où
« l'humanité, privée du don céleste de l'in-
« telligence, l'est aussi des consolations
« et des tendres secours que son malheur
« réclame ? Irois-je le confier à des êtres
« qui se feront un jeu barbare d'exciter
« son délire, et qui, loin d'épier chez lui
« les premières lueurs d'un feu qui cher-
« che à renaître, en disperseront et en
« fouleront aux pieds les restes pré-
« cieux. »

Une telle idée me révolta.

« Après tout, pensai-je, chacun de
« nous n'a-t-il pas son point de folie ?
« et si l'on examinoit les choses de près,
« on trouveroit peut-être pour toute dif-
« férence entre les reclus et leurs infir-
« miers, que l'un est enfermé dans la

« loge, et que l'autre en à clef dans la
« poche. »

Sur ce, je me décidai à garder auprès de moi mon domestique, pourvu
que sa folie ne fût point méchante,
comme son bon naturel me le faisoit
espérer. Cette double résolution me mit
d'accord avec moi-même. J'adoucissois
ainsi d'un côté ce que de l'autre mon
jugement pouvoit avoir de trop rigoureux.

Il faut avouer que les circonstances ren-
doient à mes yeux la faute de Joseph inexcusable. Je l'avois traité avec tant d'affection !.... j'étois si bien disposé à l'écouter ! .. et, sans dire gare, il me plante là
dès les premiers mots de son récit..... Je
le lui eusse plutôt pardonné s'il n'en
avoit pas prononcé une syllabe ; mais
cette maudite phrase étoit pour moi d'une
telle obscurité, qu'elle sembloit avoir été
offerte à ma pensée avec le dessein prémédité d'en faire le supplice.

Tout s'expliqua bientôt : mon domestique ne tarda pas à reparoître. Je ne m'étois point trompé dans mes conjectures; et, conformément à l'arrêté pris, je voulus bien le garder auprès de moi, au lieu de l'envoyer à Charenton.... Il étoit amoureux.

CHAPITRE XXXVI.

Excuse qui en vaut bien une autre.

J'AVOIS bien cru entendre appeler de la cour de l'hôtel, au moment où Joseph commençoit son histoire. Mais j'y avois pris peu garde, soit que ce fût un effet de l'attention que je lui prêtois, soit que les sons peu articulés ne frappassent pas assez distinctement chez moi le nerf auditif. En revanche, ils furent recueillis par une oreille plus subtile que la mienne, et qui n'en laissa pas se perdre dans les airs la moindre vibration. Sans beaucoup de sagacité, le lecteur peut comprendre à présent que mademoiselle Doyen avoit appelé mon domestique, et que celui-ci, oubliant son récit, l'endroit où il se trouvoit, tout, jusqu'à la présence de son maître, s'étoit précipité à la porte, et avoit franchi, dans un clin d'œil, l'intervalle qui le séparoit de l'objet aimé.

On a répété jusqu'à la satiété qu'il y a du délire dans l'amour, et je viens de mêler ma voix à ce bruyant chorus..... Adroite combinaison d'un besoin physique et moral! elle est sûrement bien grande l'autorité que vous exercez sur les mortels! mais Dieu me préserve de vous en vouloir!..... L'homme naît nu et chétif, il est exposé à mille infirmités, il est condamné à des servitudes de toutes espèces, et pourtant il n'a pas le droit de se plaindre, puisqu'il lui est permis d'aimer. Cette faculté angélique contre - pèse toutes ses misères..... Elle pose une cou-

ronne sur le front du pâtre qui a pu fixer
à ses côtés l'être avec lequel son cœur
sympathise ; elle jette pendant le jour
des roses sur ses roches buissonneuses,
et le soir, elle le fait sourire à la vue de
la fumée qui sort du toit de sa chaumière.

En levant la tête, j'apperçus Joseph
auprès de ma porte entr'ouverte. Son attitude étoit suppliante, il paroissoit honteux de son incartade. « Tenons ferme,
me dis-je. » Et j'armai mon regard de sévérité..... « Hé bien, que vous faut-il ? »
furent les seuls mots que je lui adressai.
Cela n'étoit pas encourageant pour le
pauvre garçon, qui tourna deux ou trois
fois son chapeau entre ses mains, qui
en détacha la ganse, et la rattacha autant de fois au bouton, et qui enfin m'ap-
prit, en promenant, à diverses reprises,
le dessous de son bras sur le haut de la forme, qu'appelé par mademoiselle Doyen,
il avoit eu l'étourderie de se rendre à son

invitation, sans s'être informé si j'y don-
nois mon agrément.

Il n'en falloit pas moins pour m'o-
bliger à me désister de ma résolution. Je
vis qu'une force irrésistible avoit poussé
Joseph hors de ma chambre, et il fut pardonné..... Ma physionomie se ressentit
du plaisir que j'avois à le trouver digne
d'excuses. Il en prit avantage pour s'a-
vancer de quelques pas au milieu de
l'appartement ; sa prononciation devint
plus ferme, et il me raconta d'un trait,
qu'un cercle de jeunes filles du voisinage,
après s'être formé dans la cour avec la
permission du concierge, alloit s'y livrer
à quelques jeux pendant le clair de lune,
que l'on comptoit sur lui pour *les mettre
en train* ; ce furent ses propres termes ;
et il ajouta que, malgré leurs instances,
il leur avoit nettement répondu qu'il
étoit occupé auprès de son maître, et
qu'elles pourroient bien passer sans lui
la soirée...... Ces dernières paroles furent

déclamées avec une certaine emphase, propre à me faire connoître la valeur du sacrifice.....

Toutefois je parus douter de la sincérité de ce récit.

Il est bien malheureux que monsieur ne veuille pas me croire, reprit-il d'un air affligé, mais ce que je lui raconte est si vrai, que mademoiselle Doyen, me voyant persister dans mon refus, vouloit me suivre, toute décidée à vous prier elle-même de me laisser descendre dans la cour. Je vous assure n'avoir pas eu peu de peine à la détourner de son projet.

Cette demoiselle Doyen, dis-je, me paroît pourvue d'un grand fonds de gaieté; il falloit la laisser venir, je n'aurois pas été fâché de la voir.

A peine avois-je prononcé la phrase, qu'un pas de femme se fit entendre dans le corridor, et que mon domestique s'écria : « Ma foi, monsieur, c'est elle.... »

« *Diable!* » répondis-je, sans attacher

à cette interjection aucune autre idée que celle de l'étonnement qui la faisoit naître, et je pris la lumière qui étoit sur la table pour éclairer la personne dont la marche sembloit se rapprocher de ma chambre.....
Joseph ne s'étoit point abusé : chez lui, l'oreille avoit reçu du cœur le mot de l'ordre..... Il m'emleva le flambeau des mains, et courut vers la nymphe potagère qu'il eût voulu préserver d'une égratignure aux dépens de son meilleur habit. Sa précipitation le servit mal : un faux pas le fit vaciller, la chandelle quitta la bobèche, et roula par terre.... En vain fut-il prompt à la relever , à souffler sur la mèche fumante,..... à l'agiter dans une direction horizontale..... à la pousser per-pendiculairement vers le ciel..... la flamme ne put renaître, et nous restâmes dans une obscurité complète.

Ainsi que de raison, il lui fallut réparer la faute de son étourderie : il se hâta de traverser le corridor , et de descendre les degrés, sans songer qu'il devoit y avoir du feu dans ma chambre. Comme c'étoit la première fois de l'année que j'en avois fait les frais, il n'étoit pas surprenant que cette idée ne se présentât pas d'abord à son esprit. Elle me vint bien, mais trop tard, pour que mon domestique fût à portée de m'entendre..... Je jugeai d'autant plus inutile de le rappeler, que je croyois avoir laissé mes tisons s'éteindre, au milieu de mes inutiles efforts pour tirer une lettre de mon cerveau.

Je restai donc seul avec mademoiselle Doyen..... Soit qu'il n'y eût pas de lumière chez le concierge, soit toute autre cause, le voyage de Joseph dura plusieurs minutes, ce que je n'observe qu'en qualité de fidèle narrateur, aucune division du temps ne m'ayant jamais semblé si courte.... Je demande maintenant si l'interjection qui m'étoit échappée à la nouvelle de la visite que j'allois recevoir n'avoit pas quelque chose de prophétique. Le malin

connoissoit ses droits , et ce n'étoit pas
sans motifs qu'il avoit placé son nom sur
mes lèvres..... Il s'attendoit à jouer un
rôle en cette affaire.

CHAPITRE XXXVII.

Talisman.

Puisqu'il est aujourd'hui convenu que
chaque volume sortant de la presse offrira
au public une gravure noircie , bistrée ou
enluminée , et qu'il paroît décidé que les
libraires ne seront plus que des mar-
chands d'estampes , je vais en placer une
ici... Le sujet prête , et la situation est tout-
à-fait piquante. Ne voulant point abuser
de mes droits , je renfermerai mon idée
dans l'étendue d'une demi-page. Une simple vignette ne demanderoit pas moins.

ABRAXAS.

L'Auteur *delineavit.*   L'Auteur *sculpsit.*

Or, sachez que cette estampe fait
partie essentielle du volume ; je le déclare expressément, dans la crainte qu'il
ne vienne à quelqu'un l'idée de tirer ses
ciseaux de sa poche, et de l'ajouter à son
porte-feuille; tentation que j'éprouve chaque fois que l'on me prête des brochures

nouvelles..... Eh! que deviendraient-elles
pour la plupart, privées de cette meilleure partie d'elles-mêmes? Certes, elles
ne seroient que de mauvaise défaite. Le
libraire des quais ne les racheteroit pas
un décime.... Il ne pourroit plus les ranger sous le cordon, et leur donner leur
coin à tenir dans la riche galerie de tableaux qu'il expose chaque jour aux yeux
du promeneur.... O charmant spectacle! ô
brillante promesse des plaisirs que le poète
et le romancier vous destinent! Messieurs, accourez-tous : voyez ce jeune
homme aux pieds d'une aimable beauté;
quel feu brille dans son regard! comme
son langage est expressif! Sa maîtresse
s'attendrit, elle abandonne la main aux
baisers, elle prête l'oreille aux accents
de la passion; mais avec quelle touchante
pudeur!... Certes, c'est Julie, c'est Saint-
Preux lui-même... Vous le croyez, ames
dévotes à l'amour ; vous achetez le livre, vous vous hâtez d'en couper les

feuillets, et le jeune homme n'est qu'un Céladon de coulisse, et tout ce qu'il profère est froid comme une glace de Frascati, et la demoiselle court après le sentiment!.... Quel dommage que tout cela ne soit pas assez sot pour vous faire rire!

Honneur et trois fois honneur aux estampes! Je connois bien des ouvrages qui sans elles seroient encore dans le magasin, et qui ne sont que dans l'oubli; c'est au moins quelque chose de gagné.....

Pour associer la mienne irrévocablement au volume, pour qu'aucune main jalouse de ma gloire ne s'avise de l'en retrancher, j'exige qu'elle porte une partie du texte au revers. De la sorte elle fera corps avec mon livre, à la garde duquel je l'attache comme un talisman. Je notifie en outre qu'elle est toute entière de ma composition. Elle ne doit rien ni au dessinateur ni au graveur, et, malgré ce, je la tiens pour aussi explicative

du sujet, que si elle avoit été crayon-
née par Moreau, et gravée par Ingouf ou
Bacquoy.... Ne convient-il pas en effet de
laisser dans l'ombre ce que la nuit a couvert de ses voiles? Le lieu de la scène
est fidellement représenté : qu'il vous
suffise, gentille lectrice ; avec les yeux
de l'imagination vous y pourrez suivre
les acteurs, et encore je ne doute pas
que vous ne leur fassiez faire un peu
plus de chemin qu'ils n'en ont réellement
parcouru.

CHAPITRE XXXVIII.

Grand profit pour mon Libraire.

Je prétends, j'affirme, je soutiens contre tous les aristarques présents et futurs,
dût ce livre être lu, épluché, argué,
mutilé, déchiré, condamné, et non compris par quelque pédant du vingtième

siècle, (notez que, comme nous venons d'achever le dix -huitième, je ne serai probablement pas là pour défendre mon ouvrage, ce qui certes mettra fort à l'aise les critiques); je soutiens, dis - je, que ce chapitre est de tous les chapitres, qui ont jamais paru en aucune langue, celui qui a le plus de valeur. Ni mon cher Montaigne, ni le curé de Meudon, ni le prébendaire d'Yorck, saints dont je chômerai la fête, tant qu'un peu de gaiété et de résignation balanceront chez moi les peines de la vie, n'en ont produit un seul qui lui soit comparable. Après ces écrivains, il seroit superflu d'en citer d'autres. Leur trois noms accollés valent la liste alphabétique ou chronologique de tous les faiseurs de chapitres qui ont brillé sur la scène littéraire. —Voilà une déclaration beaucoup moins modeste que celle d'Annibal au jeune vainqueur de Zama.

— Eh! je vous le demande, messieurs, ne peut-on soi-même se rendre justice,

quand si peu de gens sont disposés à traiter avec loyauté le pauvre diable qui se
met en quatre pour égayer leur solitude,
et dissiper l'ennui qui les assomme ? —
Nouveau grief : vous insultez le public,
car il est depuis long-temps reconnu qu'il
n'y a que les sots qui s'ennuient d'être
seuls. — Réponse : Si l'auteur de la remarque n'a jamais manqué de société,
l'auteur du livre lui en fait son sincère
compliment.

D'honneur, ce que je viens de déclarer au sujet du chapitre trente-quatrième
n'a été accompagné d'aucun amour-propre. Je n'y ai pas mis plus de prétention
qu'un homme de cinq pieds six pouces
n'en met à dire : « J'ai trois pouces huit
lignes au-dessus de monsieur un tel. »
Je sais que l'esprit est la beauté de l'homme, et que, comme celle de la femme,
il doit avoir sa pudeur : c'est la modestie.
Reste maintenant à prouver ce que j'a-
vance à l'égard des pages en question :

eh bien ! apprenez qu'elles valent au moins soixante écus à mon libraire, et voici comment : Ne l'exemptent-elles pas de placer en tête de chaque tome, dont se composera cette production de mon génie, une belle et magnifique estampe ? L'abondance des matières, qui se pressent dans ma pensée, me promet que deux volumes éclôront cette fois de ma plume : l'on ne sera pas même obligé d'en trop espacer les lignes ; ressource frauduleuse à laquelle il ne devroit plus être permis de recourir, puisque l'arbre de nos écrivains jette assez de branches pour couvrir tout un espalier... Voilà donc deux planches qu'on pourra se dispenser de commander au graveur ; et quel graveur les exécuteroit d'une manière supportable à moins de soixante livres la pièce ? Les frais de papier et de tirage passeroient certainement une pareille somme ; d'où je conclus qu'il y aura pour l'éditeur, au cas que le livre reste sans débit, ce qu'à Dieu ne plaise, une réduction dans la perte de près de deux cents francs, et, dans le cas contraire, une pareille augmentation de bénéfice.

Après cela, dites-moi si jamais un chapitre des Essais, ou du Tristram, valut autant à celui qui composa, ou même à celui qui mit en vente ces immortels chefs-d'œuvres de bon goût, de saine critique et de douce sensibilité?

CHAPITRE XXXIX.

J'y reviens. Scène double.

Mais pendant que je défie les critiques, et que je les ajourne à deux siècles, ne sont-ils pas à mes côtés, tout prêts à me dire que je perds l'objet principal de vue; qu'en commençant ce livre, j'ai promis l'histoire d'un habit, et qu'il aura le temps d'être usé avant que je la finisse; ne vois-

je pas enfin, à leur sourire sardonique,
qu'ils me disputent la propriété de mes
idées les plus heureuses? Il n'y a pas jusqu'à mon estampe dont l'invention ne
me soit par eux contestée. Ils oublient
que si quelqu'un avant moi s'avisa d'un
pareil moyen, ce fut pour transformer
la page en un emblème de tristesse, tandis qu'en la noircissant après lui, je la
sème de fleurs..... Au surplus, ne sau-
roit-on, sans crime, poser le pied dans
les endroits battus par ceux qui ont fourni la carrière que nous courons à notre
tour? Dites-le moi, messieurs: la Com-
munion de Saint-Jérôme, que l'on doit
au pinceau de Dominique Zampieri,
manque-t-elle de mérite pour avoir été
précédée par celle d'Augustin Carrache?
Malgré l'analogie d'idées qui se trouve
entre ces deux ouvrages, celui de l'é-
lève de Calvart tiendra toujours un rang
distingué dans la riche galerie, dont le
droit de conquête nous a rendus dépo-

sitaires envers l'Europe savante. Peut-être
même la première place lui seroit-elle ad-
jugée, si les artistes n'étoient convenus
de l'accorder, en présence du public, au
tableau posthume de Raphaël, contrainte
dont ils se dédommagent entre eux, dès
qu'ils sont sortis du salon...... Mais ne
faut-il pas dire aux étrangers, aux arri-
vants de province, aux curieux de tous
les pays : « Voilà le chef-d'œuvre de l'art;
vous ne reconnoissez pas sa grande supériorité; elle échappe à vos sens obtus :
avouez - donc que vous n'êtes que des
profanes en peinture..... » Pauvre Italie !
nous t'avons ôté le pain de la main. Ce
que l'industrie humaine produisit de plus
excellent a déserté tes bosquets et a dis-
paru de tes villes. Le temple existe encore, le piédestal est là.....Mais où est le
Dieu ? où est l'Apollon ? où est l'Anti-
noüs ? où sont le malheureux vieillard et
les enfants qu'étreignent des nœuds ho-
micides ?... Les murailles naguère garnies

de tes tableaux se montrent dans une triste nudité, et les socles qui portoient tes beaux marbres, comme autant de pierres funèbres, attestent à tous les yeux la grandeur de tes pertes... Déjà le génie des arts indique une autre route que la tienne à ses nombreux pélerins ; heureusement qu'on t'a rendu la madone de Lorette !

Pour en revenir à l'accusation de plagiat , j'avoue que j'y serois aussi sensible que le Dominicain le fut à celle dirigée par Lanfranc contre son Saint-Jérôme. Ce qu'il y a peut-être de plus humiliant sur la terre, est de revêtir la dépouille d'autrui , et de le faire avec des prétentions à la bonne grace et à un mérite personnel. Vous savez , mon cher Antonin , ce que j'eus de pareil à souffrir, certain jour que j'entretenois dans la grande allée des Tuileries un personnage de marque qui commençoit à travailler utilement à ma fortune.

Je vous ai plus d'une fois raconté

cette aventure, dont la singularité finissoit toujours par vous arracher un sourire ;... mais, désolé d'avoir donné ce signe approbatif à ma misère, votre bon cœur répandoit bientôt sur votre physionomie une expression compatissante ;... votre œil me fixoit avec un tendre intérêt,... et chacun de vos regards sembloit me dire : « Pauvre Hilarion , quand le sort cessera-t-il donc de te poursuivre ? »

C'étoit un dimanche au soir ; le ciel étoit serein, et l'artisan laborieux, accompagné de sa petite famille, venoit saturer ses poumons d'un air plus pur que celui de son entresol.

« Ma foi, disoit un passementier à un « homme rond et court assis sur la mê- « me pierre que lui, chacun peut jaser « à son aise des grands seigneurs ; mais « c'est un plaisir que de travailler pour « eux. »

« Je voudrois bien connoître votre secret, reprit son voisin, car il est bien difficile d'en tirer l'acquit de ses fournitures. »

« Combien vous coûte votre habit ? me demandoit en même-temps le grave personnage avec lequel je m'entretenois ; il est en vérité du meilleur goût. »

« Un peu moins de deux-cents francs, répondis-je , et Catel lui-même l'a cousu. »

« Mon secret, répliquoit le passementier, est tout simple ; c'est de comprendre dans le mémoire de la présente année celui de la suivante : de la sorte, les paiements ne restent jamais en arrière. Vous m'entendez, voisin ?...

— Pas trop , monsieur Durand ; Cependant il me faudra finir par quelque chose de pareil , car Dieu seul peut savoir quand je serai payé du dernier habit que j'ai livré à un seigneur fort aimable , mais dont je voudrois que les belles paroles fussent accompagnées de quelques écus.... Voisin , regardez de ce côté , ... à trois pas de nous.

— Eh bien ?

— Eh bien, l'un de ces deux messieurs, le plus près de l'arbre, est vêtu d'un habit parfaitement semblable à celui qui me fut commandé.... Je jurerois que c'est là ma coupe; mais la taille n'est pas la même.

« Levons-nous, dis-je à mon interlocuteur; la soirée est des plus fraîches.» Et tandis que je prononçois ces mots, le feu me montoit au visage.

A mon grand regret, l'on continuoit, à trois pas de nous, l'examen de mon costume.

« Je m'y perds, poursuivoit le tailleur, il faut que cet habit ait été raccourci du travers de la main.... Gâter ainsi mon ouvrage ! Ma foi, monsieur Durand, n'êtes-vous pas d'avis, que, pour éclaircir la chose, j'en dise deux mots à celui qui le porte ? C'est sans doute quelque secrétaire du marquis, et peut-être il s'intéressera à ce que j'en sois payé. Qu'en pensez-vous , voisin? »

— Que cela ne séroit pas trop poli ,
monsieur Destaille.

. . . .

. . . .

Vous direz ce que vous voudrez , mais
le froid n'est pas supportable. — Comment ! la soirée ne sauroit-être plus belle,
et nos jolies femmes n'ont jamais été
plus légérement vêtues. — En ce cas ,
monsieur, c'est un frisson qui me prend,
et vous me permettrez de vous quitter.

Plus prompt que le chamois timide
relancé par le chasseur , j'arrivai à l'hôtel;
je jetai l'habit à l'autre bout de ma chambre, et je jurai de ne le remettre de mes
jours.

Cette aventure, bénévole lecteur , eut
lieu trois semaines après celle que je vous
ai déjà racontée. Elle eut pour moi des
suites pareilles , c'est-à-dire que l'on cessa
de prendre quelque intérêt à ma personne.
Monsieur le comte de ★★★ pouvoit-il se

déclarer le patron d'un homme qui s'ha-
billoit à la friperie ? Pouvoit-il conférer
un emploi à celui qu'en sa présence les
traits du ridicule avoient percé d'outre
en outre ?... Pour le supposer , il faudroit n'avoir nulle notion du caractère
français; aussi j'appris, dès le lendemain,
qu'un bibliothécaire étoit nommé, et que
ce n'étoit pas moi.

Le grave personnage qui m'avoit
accordé les honneurs de son entretien
sous les marroniers des Tuileries suivit
la même marche; et, par un autre motif,
le dialogue qui avoit eu lieu dans notre
voisinage lui étoit échappé ; mais des
bruits défavorables circuloient déjà sour-
dement sur mon compte ; on me taxoit
de bizarrerie et d'originalité dans ma
conduite , par conséquent de cette tournure d'esprit la moins propre aux affaires. Mon brusque départ confirma cette
fois l'accusation de mes ennemis. Oui ,
messieurs, de mes ennemis ; n'ai-je pas

le droit d'en avoir tout comme un autre ?
et puisque le moindre écrivain, plaideur,
ou folliculaire, trouve un certain charme
à laisser couler ce mot sur le papier,
puisqu'à son aide chacun nourrit l'idée
de son importance, j'espère que vous ne
me retrancherez pas cette petite satisfaction.

A présent que j'ai fait marcher le sujet
principal, on me permettra de retourner
aux épisodes :

On se rappelle sans doute que l'étourderie de mon domestique m'a laissé
dans une obscurité complète à côté de
mademoiselle Doyen.—

En effet, monsieur, vous avez eu le
temps.—

De quoi, madame ? Certes, je n'a-
chèverai pas pour vous la phrase..... Je
ne sais si je vous devine, mais il seroit
encore possible que vous vous trompas-
siez dans vos conjectures ; car combien de gens ont eu du temps que de

reste , sans pouvoir toujours le mettre à profit ? —

Pour cela, monsieur, il faudroit transporter la scène à Constantinople , et dans les jardins du Grand Seigneur.—

En vous voyant, madame, on sera encore long-temps de votre avis..... Vous avez vingt-deux ans..... Les Graces formées de cet âge ..... Mais il est des cas,..... des circonstances,..... où les choses se passent d'une étrange façon ..... Je pourrois vous renvoyer au savant ouvrage de Roch le Baillif, médecin sous Henri III..... Ses aphorismes sont lumineux sur cette matière. Montaigne lui - même en a dit deux mots ; et ces deux mots sont pleins de sens..... Tenez , sans aller si loin...... sans vous déranger de votre fauteuil, ayez la bonté de continuer votre lecture : elle vous prouvera que , souvent avec la meilleure volonté du monde , on ne prouve rien.

CHAPITRE XL.

Vous l'avez voulu.

Charmante femme, disoit un jeune officier, en s'adressant à cette baronne du chapitre des contre-temps, et en lui baisant la main, quelques jours après celui où elle avoit querellé son monde, vous conviendrez qu'il n'y avoit pas de ma faute, puisqu'une maudite migraine obligea votre mari à rentrer si tôt à l'hôtel.— Il est vrai, monsieur, mais une demi-heure auparavant il n'étoit point là, et tout se passa, ou ne se passa pas, comme s'il y avoit été. — Tendre amie, croyez à ma parole. — Votre parole, monsieur, fait une sotte figure en cette affaire.

Et de propos en propos l'on se brouilla, et l'on se déchira après deux mois de liaison, et monsieur le baron fut querellé pour ses migraines; et madame la baronne se retrancha trois grands jours dans sa chambre..... Quant à l'officier, il ne put jamais faire son chemin, ce qui ne sauroit surprendre les érudits qui ont médité sur l'engrainage des événements. Desservi auprès de son colonel, il s'arrêta tout court dans la carrière, et ce n'étoit pas la première fois..... Peut-être seroit-il encore simple lieutenant d'infanterie, s'il ne s'étoit décidé à retourner dans sa province..... Cependant il n'avoit pas mérité son sort : en militaire français, il s'étoit apostrophé lui-même avec plus d'énergie qu'un postillon ne gourmande le mauvais coureur qui le porte; il s'en étoit pris à tout ce qui lui tomboit sous la main..... Il avoit pesté, juré..... Le mot étoit deux fois sorti de sa bouche..... Mais que fait le mot, en ces sortes de rencontres? ce n'est pour l'ordinaire qu'un laquais assez mal-adroit pour annoncer un plat qui ne doit pas paroître sur table.....

J'ai demeuré dans le voisinage d'une dame et de sa fille, qui possédoient sous mes fenêtres un charmant parterre. Un bassin creusé dans le marbre en décoroit le centre. Des siéges de mousse et de gazon invitoient à se reposer sur ses bords; c'étoit là que la jeune personne passoit une grande partie du jour. Dès que les premières chaleurs de juillet se faisoient sentir, un arrosoir à la main, elle abreuvoit tous les recoins de l'enceinte, il n'y avoit si mince giroflée qui ne reçût une pluie abondante ; on se doute des suites : à peine nous entrions dans août, que le réservoir étoit à sec.....
Et où nous mènera cette rapsodie sans rapports avec celle qui la précède ? —

Suffit ; sachez seulement, madame, qu'en pareille rencontre la baronne du chapitre des contre-temps ne fut pas au dépourvu : elle avoit cent mille livres de rente ; elle fit construire des canaux, le réservoir fut bientôt plein, les fleurs rafraîchies, et le parterre eut l'éclat du printemps..... Avec de l'argent de quoi ne viendroit - on pas à bout ? On fait venir de l'eau d'Arcueil, de Saint-Cloud, de Marly ; on en feroit venir de Rome même, et du bénitier du pape.

CHAPITRE XLI.

Etude.

JOSEPH occupoit le milieu de ma chambre avec son flambeau rallumé, avant que je me fusse apperçu de son retour. Son pied gauche, sur lequel pesoit le corps en majeure partie, étoit solidement établi en arrière, tandis que l'autre, avancé d'un demi-pas, touchoit de la pointe au parquet. Le genou le plus en fatigue offroit une légère courbure commandée par la force de répulsion qui agissoit sur la tête et les épaules. L'on pourroit dire que ces der-

nières se trouvoient presque hors du
centre de gravité; aussi, falloit-il toute
·l'énergie du nerf crural pour les maintenir
en équilibre..... Du reste, le bras qui
portoit le flambeau, en décrivant un
angle aigu, dont le sommet étoit au
coude, tenoit la lumière à la hauteur du
front..... Je n'ai pas besoin d'ajouter que
cette attitude exprimoit la surprise? Les
artistes le croiront sans peine, et fut-il
jamais rien de si commun que ce titre l'est
aujourd'hui? L'employer collectivement,
c'est parler au public.

Mademoiselle Doyen, après avoir dégagé sa main de la mienne, quitta la petite ottomane sur laquelle elle étoit assise
à mes côtés, et, en se levant, elle adressa
la parole en ces termes à mon domestique:

« Nous allons descendre, Joseph, puisque monsieur permet que vous passiez
avec nous la soirée.

Je n'en avois pas ouvert la bouche,
et je me demandai ce qui pouvoit auto-

riser cette jolie blonde à se rendre l'arbitre de ma volonté..... « Allez, dis-je,
puisque mademoiselle le desire, » sans
faire attention que j'aquiesçois ainsi à la
liberté qu'elle venoit de prendre.

« Que tardez - vous donc, monsieur
Joseph ? En vérité, vous n'êtes guère ga-
lant, » ajouta t-elle, en lui demandant le
bras. ... .

Je pris le flambeau qu'il avoit posé d'un
air grave sur la tablette de la cheminée,
et je les éclairai à mon tour..... Comme ils
descendoient les degrés, quelques paroles
à voix couverte parvinrent jusqu'à mon
oreille; autant que j'en pus juger, elles
avoient, d'une part, le ton du reproche,
de l'autre, celui de l'excuse. J'abandonnai
à l'amour le soin d'arranger cette affaire.
L'escalier étoit composé de deux rampes:
je quittai le couple à la seconde; si vous
avez jamais aimé, lecteur, vous croirez
qu'il fut d'accord avant la dernière marche.

―――――――――――――

CHAPITRE XLII.

Lacune à remplir.

On aura sûrement apperçu dans l'action principale une lacune que je chercherois en vain à dissimuler..... Quoi ! mon domestique me laisse à côté d'une étrangère, au bout d'un corridor obscur, éloigné de ma chambre, et, à son retour, il me trouve assis sur un sopha, ayant auprès de moi cette même personne que je n'ai fait qu'entrevoir.... tenant sa main dans la mienne, et agissant avec cette douce familiarité qui n'appartient qu'aux vieilles connoissances ?.....

A coup sûr, cela demanderoit certains éclaircissements, et ce seroit le cas de dire comment, au milieu de quelques paroles relatives au beau temps et à la pluie, à l'ombre et à la lumière, il s'en glisse

qui ont un rapport plus direct aux individus, semblables à ces patrouilles légères
que l'on charge de la découverte du pays...
comment de simples civilités, mêlées par
acquit dans le discours, forment quelquefois des liens entre les êtres que le
hasard a rassemblés ; et enfin par quelles
nuances progressives cet intérêt vague
que nous devons à la généralité de l'espèce contracte quelque chose de plus
tendre et de plus affectueux, lorsque la
rencontre a lieu entre un homme dont le
cœur n'est pas aride, et une jeune personne de dix-huit ans.....

Il ne faudroit pas oublier, après cela,
ce que les ténèbres répandent de mys-
tère, de charmes même sur une telle
entrevue, en laissant l'imagination colorer à sa fantaisie les portraits dont un
premier coup-d'œil lui a confié l'esquisse.... Elle ne les a pas gardés une minute
sur le chevalet, qu'ils en sortent pleins
de fraîcheur et de graces..... elle les a mê-

me embellis de mille perfections morales : pour vingt-cinq louis d'or, Isabey ne feroit pas mieux.

Vous voudriez sans doute, mon cher lecteur, me voir rassembler et graduer ces divers incidents et les diverses sensations dont je leur fus redevable.... Vous en suivriez la chaîne avec plaisir..... au moins avec curiosité..... et peut-être le voyage que je fis à côté de mademoiselle Doyen, du fond du corridor jusqu'à la porte de ma chambre, et de celle-ci jusqu'au sopha, vous tiendroit aussi attentif que ceux de Tavernier chez le roi de Perse et le Grand Mogol.

Comme je crains de gâter un sujet qui, avec une certaine entente du clair obscur, exige autant de délicatesse dans l'expression que de légéreté dans le coup de pinceau, je crois devoir vous le laisser à traiter..... Je répondrois d'avance qu'il fera honneur à votre talent... Je n'y mets que deux conditions : la première,

c'est qu'en prenant la plume vous ne sor-
tirez pas de voir danser mesdemoiselles
Clotilde et Chameroi; la seconde, c'est
que vous ne relèverez pas d'une attaque
de goutte sciatique..... J'insiste un peu
moins sur celle-ci que sur l'autre : permis à vous d'en être étonné; mais le titre
d'homme à bonnes fortunes ne me flat-
teroit que médiocrement.

CHAPITRE XLIII.

Convenez de la différence.

O vous dont les artères voiturent un
sang sulfureux, et dont le cœur est de
glace; vous qui ne connoissez de jouis-
sance que celle qui éteint toutes les autres, je ne me formaliserai pas de votre
dédaigneux regard!.... La nature ne vous
a pas accordé l'initiation à tous ses mystères , ou bien vous aurez rejeté celle

qui vous étoit offerte.... Le coursier de
son large poitrail divise le fleuf, pour
atteindre la compagne que ses naseaux
frémissants annoncent à ses desirs; la
colombe suit en tous lieux, d'un même
vol, la sœur dont elle a partagé le berceau ; les plantes se rapprochent d'un
élan sympathique, et l'image du plaisir se
reproduit dans le calice embaumé de la
rose, peut-être même sa douce et fugitive
réalité.... mais l'amour n'a d'autre sanctuaire en ce monde que le sein de l'homme sensible.

Comptez-vous pour rien de respirer
le même air que l'être qui vous intéresse ? de sentir le souffle de sa parole ?...... et si une main chérie vient à
trembler dans la nôtre, si le son d'une
voix déjà tant mélodieuse s'adoucit encore en notre faveur, ou qu'on nous
sache gré d'avoir moins exigé qu'on ne
nous eût accordé.... ne sont-ce pas aussi
des bonnes fortunes ?

L'objet de vos recherches n'est qu'un état de spasme, dont la nature impatiente précipite la fin ; mais une suite d'égards, et de préférences qui ne sont pas dues à la surprise..... accordées même avec une certaine réserve..... indiquent un choix ; et en cette qualité, sans avoir rien de décisif, elles font battre doucement le cœur..... Il les enregistre en secret.... L'amour-propre y trouve aussi son compte ; c'est assez pour les mettre tous deux à l'aise pendant un jour et au-delà.

Ce que vous obtenez, je suis fâché de vous le dire, il est rare que je n'en sois le témoin un peu honteux chaque fois que je traverse les carrefours ou que je me promène dans la campagne.... Ce que l'ame délicate recueille de tendres sensations..... ce qu'elle amasse de souvenirs touchants ne se retrouve plus parfait que dans le séjour du bonheur immuable.

CHAPITRE XLIV.

Colin-Maillard. Chacun son mot.

APRÈS le départ de mon domestique,
je sentis ma solitude ; et, ayant ouvert
celle de mes fenêtres qui donnoit sur la
cour de l'hôtel, je me mis à considérer
le petit cercle dont les jeux égayoient
un reste de soirée.... Nulle contrainte,
nulle afféterie, la joie ne grimacoit chez
aucun des acteurs. Si le qu'en dira-t-on
ne m'avoit retenu, je ne sais qui m'eût
empêché d'aller en prendre ma part,
ainsi que celle des coups de mouchoirs
qui tomboient sur les épaules de Joseph
sans le déranger dans sa direction... Mais,
au moment où l'on y songe le moins, le
drôle se retourne, et une des nymphes
est entre ses bras. Pour lui transporter
le bandeau sur les yeux, il ne s'agit que

de la nommer. Deux minutes s'écoulent dans le silence ; une main qui cherche à s'instruire, tour-à-tour embrasse la taille, effleure les cheveux, et palpe les formes de la jeune captive ; enfin un nom sort des lèvres de Joseph, et ce n'est pas celui de mademoiselle Doyen , laquelle s'élance en riant vers ses compagnes......

« Voilà, me dis-je, l'attention délicate d'un amant qui veut épargner la plus petite gêne à sa maîtresse... » Mais, à peine échappée au danger, celle-ci y retombe : même examen de la part de Joseph, et même erreur. « Pour le coup, pensai-je, vous êtes prises ici pour dupes, mes chères demoiselles. »

Enfin un autre nom plus heureusement appliqué dégagea mon domestique. Je fermai la fenêtre et je retournai à mon foyer.

« Qui m'empêchera, me dis-je, en « rapprochant les tisons presque éteints,

« de réaliser chez moi, dans ma petite
« ferme du Finistère, ces joies inno-
« centes et ces plaisirs sans remords? Que
« me coûtera-t-il pour appeler dans ma
« cour un fifre et un tambourin de vil-
« lage? L'on dansera, l'on rira, l'on sera
« content sous mes yeux..... La jeune
« paysanne développera dans une ronde
« ses graces ingénues, tandis que le fils
« du métayer, pour lui témoigner sa pré-
« dilection, lui serrera la main jusqu'à
« lui faire mal.

« Je fermerai ma porte aux soucis et
« aux desirs ambitieux qui en sont la
« source.... Je ne doute pas qu'à ce ré-
« gime je ne gagne dix ans de vie, vingt
« peut-être. La parque elle-même sera
« toute étonnée en voyant s'alonger sans
« fin sous ses doigts le fil délié de mes
« jours..... Bientôt ma poitrine, avec la-
« quelle j'ai tant de peine à vivre en
« bonne intelligence, cessera d'alarmer
« l'aimable Suzette....... et si je pouvois

« décider mon cher Antonin et sa digne
« épouse à transporter leurs pénates dans
« mon voisinage, quelle provision pour
« moi de plaisir et de santé ! Comme il
« seroit doux d'aller leur faire mes visi-
« tes, un livre sous le bras, dussé-je ne
« l'ouvrir de toute la route !..... Quand
« on va voir un ami, a-t-on jamais l'idée
« de s'arrêter en chemin, et n'est-il pas
« toujours nuit quand on le quitte ? »

En caressant ce projet de retraite, je
finis par me passionner, comme il arrive
à nos jolies femmes qui, sans bouger de
leur chambre, tout-à-coup s'avisent de
de croire qu'elles ne sauroient plus être
heureuses qu'au bord des clairs ruis-
seaux...... au sein de la nature..... avec
l'ami de leur cœur. Et il fut arrêté que je
serois hors de Paris sous huit jours.

« Après tout, ajoutai-je à mon solilo-
« que, considère un peu, Hilarion, où
« t'a mené ton voyage, et quel a été le
« résultat de ces espérances flatteuses

« dont tu te berçois pendant la route.
« Chaque colonne milliaire que tu attei-
« gnois sembloit te rapprocher d'un
« emploi aussi honorable que lucratif;
« tu croyois la France entière intéressée
« à récompenser ton mérite : et voilà
« que tous les jours des gens inconnus,
« disoit le dedain, sans aucun de tes
« droits, continuoit l'orgueil, obtien-
« nent ce qui fait l'objet de tes desirs....

    « Regarde de ta fenêtre, s'écrioit l'en-
« vie au propos amer, regarde ces fiacres
« rangés de file, jusqu'au débouché de
« la rue; eh bien, le plus misérable
« phaéton de ces voitures sera bientôt
« en activité de service. A chaque départ
« d'un confrère, il gagne du terrain, et
« plutôt que de lui laisser perdre son
« rang, ses paisibles haridelles le mène-
« roient, endormi sur son siége, à la
« rencontre de la jeune beauté qui veut
« sauver de l'orage son joli fichu et ses
« bas de soie à coins de couleur....Mais

« toi, quand tous les conservateurs de
« musées, d'antiques, de médailles et de
« bibliothèques, partiroient à la fois pour
« l'autre monde, tu n'en serois pas plus
« avancé dans celui-ci.... »

« Excellente position , reprenoit la
sagesse, pour l'honnête homme qui redoute dans son cœur de se réjouir du
mal de son semblable ! »

« Crois-moi , poursuivoit le dépit , en
prenant si adroitement le ton de la mo-
dération que je m'y trompai moi-même,
c'est une vraie sottise que de chercher
des places dans un gouvernement monar-
chique, ou républicain , quand on a de
quoi dîner chez soi ; tenir son coin à son
petit couvert et à son foyer , sommeiller
quand on veut dans son fauteuil, et sur-
tout ne pas endosser un brillant habit
acheté de hasard pour faire ou recevoir
des visites , voilà le vrai bonheur. »

Cette dernière pensée me rappela la
lettre que je me proposois d'écrire ; je

pris la plume, et, comme un peu de bonne humeur venoit de me mettre au niveau de mon sujet, je traçai les lignes par lesquelles je compte entamer le tome second de cet ouvrage. Je sais que je pourrois les comprendre dans celui-ci, et mon libraire, qui est bien l'homme le moins intéressé que je connoisse, ne murmureroit guère de ce léger surcroît de dépense. Je n'y regarderois pas moi-même de plus près, quoique je vienne de prendre mon manuscrit à deux mains, et qu'après en avoir fait passer les feuillets sous le pouce gauche, je l'aie trouvé d'une grosseur raisonnable...; mais je me détermine en cette affaire par un autre motif dont personne ne contestera l'importance....

Je veux prouver que cette production n'est pas aussi décousue que les gens superficiels pourroient le croire... Pour y parvenir, je me décide à profiter de l'exemple de nos écrivains modernes qui coupent

le livre avec beaucoup d'adresse au milieu
d'une aventure, et qui, en piquant ainsi
la curiosité, dissimulent au lecteur que,
sans peine, on composeroit de leur ouvrage autant de poèmes qu'il a de chants,
et de romans qu'il a de volumes....Si
Virgile s'étoit avisé de cette ressource,
s'il avoit fondu la moitié du livre sixième de l'Énéide dans le septième, je ne
doute pas qu'il n'eût dérouté tous les
critiques. La duplicité d'action que quel-
ques-uns lui reprochent ne seroit pas même soupçonnée.

FIN DU TOME PREMIER.

TABLE DES MATIÈRES

DU TOME PREMIER.

FIN DE LA TABLE.

Fautes essentielles à corriger dans ce volume.

Page 81, ligne 5, au lieu de : et *joyeuse*, *lisez* et bruyante.

Page 168, ligne 3, au lieu de : qui *porte*, *lisez* qui portât.